毕华勇小说集

在西安

毕华勇 著

陕西新华出版传媒集团
太白文艺出版社

图书在版编目（CIP）数据

在西安 / 毕华勇著. -- 西安：太白文艺出版社，2020.10（2023.2重印）
ISBN 978-7-5513-1783-2

Ⅰ．①在… Ⅱ．①毕… Ⅲ．①中篇小说－小说集－中国－当代②短篇小说－小说集－中国－当代 Ⅳ．①I247.7

中国版本图书馆CIP数据核字(2020)第192305号

在西安
ZAI XI'AN

作　　者	毕华勇
责任编辑	申亚妮　蔡晶晶
封面设计	西安市博华平面设计工作室
版式设计	午　云　张　茹
出版发行	陕西新华出版传媒集团 太白文艺出版社
经　　销	新华书店
印　　刷	三河市嵩川印刷有限公司
开　　本	787mm×1092mm　1/16
字　　数	115千字
印　　张	11
版　　次	2022年10月第1版
印　　次	2023年2月第4次印刷
书　　号	ISBN 978-7-5513-1783-2
定　　价	49.00元

版权所有　翻印必究
如有印装质量问题，可寄出版社印制部调换
联系电话：029-81206800
出版社地址：西安市曲江新区登高路1388号（邮编：710061）
营销中心电话：029-87277748　029-87217872

检阅自己的永恒（自序）

毕华勇

常常碰见一些朋友问：你还写作吗？

这样的提问，当然是好意，大家这么些年来一直关心我，有许多长者和一帮兄弟千方百计帮助我。感谢上苍眷顾，有那么多好心人鼓励我前行。在今天这个错综复杂的社会，虽然我吃得了苦，受得了累，活到这年纪也把写作当作乐趣，并当成生活的一部分，但事实上，我与外界沟通仍有障碍，和年青一代交流还存在代沟，跟不上时代节奏。尽管现代生活有时十分残酷，让人很无奈，但它的日新月异，时刻都在激励我前行。形势变了，观念变了，价值取向变了，有些迷茫的人容易心生怨恨，看不到希望之光便觉得生活一团漆黑，不能正确面对，也没有静下心来思考原因在哪里。在这样的背景下，要找到属于自己的理想目标确实有些困难。其实，生活就是这样，时刻为有准备的人敞开怀抱，那扇门紧闭着，要想打开，必须要付出努力。

写作是一件枯燥的事，尤其是业余写作者要承担比别人更大的压力，扮演好自己的角色很不容易，上班工作、交际应酬、开会学习，反正一大堆琐琐碎碎的事，时间无声无息地从你身边流逝。行政工作有其独特的运行方式，你适应不了，就会被淘汰。平日里，面对生活中的种种面孔，还有老百姓的各种诉求，自己又力不从心，总感身心疲惫，唯一的调节方法就是写作。生活的点滴始终让我感动，安静的夜间脑海里浮现那么多的人和事，饱含着的童年的忧郁和青年时的创伤，总是抚不平。有时，回望故乡时的那种悲悯和爱意在血液里翻涌，许多的故事让我兴奋激动，甚至彻夜不眠，一个奇妙的世界在我内心深处变得辉煌灿烂。从发表第一篇作品起，我整整写了三十多年，这是对我整个青春的祭奠，也是我精神世界得到充实和滋养的过程。二十岁之前，单纯，爱幻想，有满满的美梦；二十岁以后，混迹于社会之中，前途、命运、人生……一大堆问题压得我喘不过气来。然而，自己想活出个人样来，不服命运的安排，想逃离村子与土地。现实是残酷的，幻想里的东西硬生生被击碎，我猛然醒悟，直面土地、庄稼、村子，还有鸡叫狗咬。这些与我一生纠缠不清，让我爱恨交加的物与景，只有在夜深人静时，我才会在心里咀嚼着。年轻时的梦、远方与诗、爱情与鲜花，明知很遥远，却不甘心。三十岁后，上有老，下有小，生活中的方方面面让我精疲力竭，更多的是无可奈何，甚至迷茫。我为前途与生计四处奔波，天天狼狈不堪。有一文友见过我在村子里的模样——扛着老镢头，背着耙、耧子，满身泥土，一脸汗水行走在山路上。他非常吃惊，怎么也不能把诗与远方和我联系在一起，觉得这样的生存状况下我还能坚持写作，实在有些不可思议。至今，有许多年轻朋友说起我的小说，是那么崇拜和敬仰。作为本土作家，能获得这样的赞美，我感到满满的慰藉。我不奢望什么流芳千古，只希望写下的文字能在故土留下一点印迹。我是一生执着于文学写作的人，从《链歌》开始，趴在老家的土炕上写了一部十几万字的长篇《荒凉的十八岁》，这开辟了我在文学圈子里的处女地。时间眨眼即逝，我固守着，继承和传播着这块土地上优秀的文化，扎根在属于自己的土地中，不敢有丝毫的懈怠，因为在忙碌中我的生活是真实的，这也是我坚持写作的动力。

因为写作，我的生活异于常人。作为农民的儿子，我是幸运的。生活中形形色色的人和事都给我提供了资源，尽管我没有刻意走进哪一个圈子，而且兴趣爱好少得可怜，但内心常被故土的一切感动不已，这块土地让人如此地热爱与留恋，它时刻在我心中。我只想努力写好它来证明自己能走得更远。这里是根基，作为写作者，一定要站稳站直，要学习前辈，继承传统，用平民视角、悲悯情怀对待生活。创作需要勤奋与坚持，而创新又十分重要，现代化的信息与网络无时不在颠覆传统意义上的写作，这对我提出了更高的要求。在新时代的大背景下，要思考如何使自己的心依旧年轻、饱满、生动，对自己要有清醒的认知，要思考这些年来的写作优势与劣势在哪儿。所以，要不断检验和总结自己，作品成败要找出原因，这个过程很烦琐，也很考验一个人的意志，但必须要有这个耐心，才能使自己与这个时代同生同长。

看着别人在这个多变的、错综复杂的社会里如鱼得水，自己却感觉十分的软弱无力，且尴尬。面对生活的多变，我无所适从，村里不少人还单方面地认为我在城里能量不小，大事小事来找我，没想到我却许多事都撂在那儿，村里人很失望。我从另一个视角观察生活，某件事、某个人在我脑子里转来转去，挥之不去，老是让人牵挂。于是，思考得多，没了其他心思，写下来倒也觉得欢欣鼓舞。

  这部小说集名叫《在西安》。我把这两年发表的几篇小说收集起来，觉得平日里除了应酬琐碎之事，还要有留给人们读的文字。收在这本集子里的几篇中短篇小说，有着大体相同的题材，关于生活、人生、爱情以及所有琐碎烦事，都充斥着恍惚、混沌，如同迷雾一样笼罩着我，使我无法分辨。人世嘈杂，世事无常，回过头来，重新审视自己，作品始终在忧郁中寻找文字的另一种可能性。三十多年前，我在西安一家编辑部工作，那时候一心想成名成家，然而这个城市没有属于我的立锥之地，尽管那时我年轻气盛，常常幻想着有一天在这个队伍当中大有作为。我骑着一辆破旧的自行车在西安的大街小巷游荡着，那种漫无目标的追寻，让我感到虚弱与恐慌。我下决心要混出个名堂，省吃俭用把日子过得紧巴巴的，总以为吃够了苦总有甜来，西安总会有自己的安身之处。过了若干年，我去莲湖区那块走了一下午，那里已经不见当年的模样，改造过的城区变化很大，街与巷我已不认识，熙熙攘攘的人群里找不到当初文学青年的影子，编辑部人员一茬又一茬地换，有许多前辈离开了人世，那年月的恩怨早已化作尘埃，一笔勾销。我有些惆怅，喉咙口似有东西堵着，不知是什么滋味。一晃三十多年了，有点感慨，若那时我没离开，如今是什么样子？是的，那年冬季的一天，我带着书本和一大堆稿纸，在黎明到来之际，离开了西安，所有的生活、工作、劳动、阅读和思考回到原点。我站在故乡的土地上，检阅着自己人生，觉得它像一曲委婉的，甚至带着忧伤的信天游，在沉郁的夜空里显得那么悲壮……

我走过的足迹仍在继续延伸，惯性让我停不下来，我谨慎、真诚、耐心地拥抱生活。其实，一个孤独的灵魂，你不伸手永远触摸不到。

多年过去了，一瞬间，我的表述变成了永恒。

目录 CONTENTS

在西安 / 1

酸枣树开花 / 28

名声总在天地间 / 59

满目星辰 / 91

有人给你点亮一盏灯 / 116

那条叫作爱情的河 / 128

小城往事 / 143

后记 / 166

在西安

一

那年秋天，我收割完庄稼，独自去西安。

我，一个农村青年，在爱做梦的年龄，不知为什么，鬼使神差地开始写小说，也写散文。因为不懂什么是小说、什么是散文，只凭着一种感觉、一种希望来写作，心潮总是澎湃不已。从前因为看了许多许多的书，书中的故事与人物在我内心生成非常大的震荡与狂喜，使我的心情十分混乱。这种隐秘的光亮平日里谁都看不见，只有自己向着这种光亮神采奕奕地悄悄走着，没有什么能动摇。这孤独的漫长旅行，一个城里人或许不屑一顾的后生带着敏感自尊，带着浓厚的黄土气息，带着时时侵袭的忧伤或愁痛，走进了省城西安。

那天，我收拾好行李（其实只有一个小提包而已），先到米脂县城住了一晚，第二天天未亮，气喘吁吁地赶到汽车站。我开始等待，因为去省城西安只有一趟班车。直至后来，我还害怕这种等待，心灵备受煎熬。在我看来，这种等待不但浪费时间，而且会让一个人怀揣希望的同时害怕失望，甚至十分迷茫。特别是当时的境遇，这种寻找出路的方式要使我生活发生本质改变的想法有些幼稚。不同的是，我十分认真，在周围的环境日益恶劣的情况下，我每每陷入窘迫、悲愤、绝望后，最终总会越过去。我带着莫名的仇恨，还有愤愤不平的情绪，十分敏感、十分脆弱地慢慢变得坚强起来。我渐渐开始锻炼自己的生存能力，在无人应和的孤独里，始终保持着一个人本性的古老抒情方式，而写小说是最好的倾诉。班车从米脂县城出发，里面挤得满满当当。沿着210国道，车一路摇晃着、颠簸着，到延安以南的甘泉县时已是晚上，司机说晚上就歇甘泉了。我们整整一天都在奔波，早就饥肠辘辘。我怀揣三百元现金，这是准备在西安用的，另外还有几十元零钱，除了车费，我还要考虑住宿费。为了省钱，饭都不敢多吃，一个馒头，一碗烩粉，被我狼吞虎咽吃得一干二净，好像胃里还缺一点，但我还是删掉脑子里闪出的这个念头，不饿就行了，钱要省着用。我对这个世界，这些生活的认知还是足够的。在乡下，像我这样年龄的男女青年希望抛弃乡下那种太单调太枯燥的生活，日日夜夜梦想的是挤进城里生活，就像一个穷困潦倒的人天天奢望有一天突然成了暴发户，例如在马路上，或者在某一个角落里捡到几十万元或更多一点，美美地吃，好好地穿，舒舒服服地享受，现在看来这种异想天开的想法实在怪异。然而，如果你要做梦，你要改变自己不习惯排队的身份，就必须从头做起，从吃苦开始，捡到百万元的事情永远不会出现。现在，我已踏上了这条不能回头的路，没有半点犹豫，前面是什么根本不重要，通常没人能下这么大决心，我却选择了。所以，忍受饥饿算不了什么。在甘泉，我寻了一家十分便宜的旅馆住下，几块钱不记得了，我拉开有些潮湿的被子，也没看干净不干净，倒头便睡了。

明天得早起，我要去西安。

二

天色渐渐亮了起来，我赶忙起身穿好衣服，问旅馆老板才知离开车还有一个钟头。一个钟头，我有些坐立不安。于是，我问老板有没有热水，我要洗把脸，还想喝上几口热水权当充饥。老板瘦骨嶙峋，一脸的皱纹，他举着旱烟锅吧嗒吧嗒地抽着，漫不经心地问："你这时间要热水做甚？"

"喝呀，洗把脸。"我比画着。

"怪了，才出几个钱？想这美事！"老板又躺下，不慌不忙地继续抽烟。

我心里暗骂："狗眼看人低。"

我提起行李，头也不回地往停车的地方走去。

其实在此之前，我就这样不停地走。十几岁那年，父亲把我送到定边县去读书，那时我异常激动和兴奋。第一次出远门，想象中的定边是一个很大很大的城市，但事实和我想象中的不一样，让我有些失望。到定边，每个寒假暑假回家，我来来回回不知跑了多少趟，这种无休止的奔波，让我一年一年长大后对县城没了新鲜感而且失去了兴趣。我一年有几次在车站等车、排队、买票，也就有几次从车窗往外看着茫茫的沙梁、山峁、村庄，荒凉随即从心底升起。因为我晓得，为了让我上学，为了让我吃饱肚子，父母在家里辛苦备尝，期盼着总有一天我会出人头地，总有一天我可以证明他们的心血没有付之东流。然而，没人能想象出我当时的情形，高考的压力，我只有喘气的工夫。对于未来，就像无际的沙漠一样，我从来没有刻意想过要看到什么。当我奔波、等待，尤其是没能考上大学，实在无路可走的时候，我始终保持着一种不屈不挠的姿态，因为青春，我不甘心就此罢休。当过去一个个画面在我脑子里异常清晰时，多少年都是如此让我自觉地具备一个寻梦者的那种特质。我感觉到，所有的一切，成为我做人的标杆。

不说这些，说现在。此刻，我坐上去西安的班车，从甘泉再次出发，黎明前的三秦大地朦朦胧胧显现，一轮红日从十分遥远的地方升起，空气里隐隐飘来麦田里淡淡的香味。我一边透过车窗看着有些灰蒙蒙的楼房，一边心里鼓励着自己，不管怎样，一定要坚持。

三

西安，十三朝古都，举世瞩目。外地人说在西安稍留意一下，说不准一脚就能踢出一块秦砖汉瓦。我在这个叫西安的都市里匆匆经过和停留，印象依然模糊。现在，我从车站下车，站到大街旁寻找公交车的站牌。我晓得，在这南来北往的人流中，与我相关的人大概是零。大城市宽阔的马路，顶天立地的楼房，在我的内心激起前所未有的震荡与狂喜，这种混乱使我深知一个来自乡下后生的卑微。过去，文学作品里经常描写乡村是富有诗意的，是田园美景，男耕女织，如诗如画。后来我挤进城市才发现，那种一厢情愿的描写叫我的父辈充满哀伤，他们愤怒的时候会粗声粗气地骂：哪个龟儿子愿意攥老镢把只管来，换一换试试，站着说话不腰疼。然而他们骨子里是不屈不挠的，甚至认为"穷乐和，富忧愁"，眼下的日子是如此的惬意。我晓得他们内心又充满了卑微，甚至仅有的一点尊严在某个瞬间被社会的一片漆黑涂抹得一无所有。这种可怕的暗示一直陪伴着我，我一直害怕与城里学生、城里干部、城里的一切做心灵的比照，在我看来，城里人与生俱来有优越感。县城的人如此，省城的人更不用说。

　　西安的秋天并不怎么美丽，空气也不见得好。我在公交站牌仔细琢磨着行进路线，但看来看去还是弄不清坐哪一路车好。最终，我放弃了往拥堵的公交车上挤，开始像流浪汉一样，漫无目标地在西安的大街上溜达，反正时间还早。我在一个拐巷处吃了碗胡辣汤，这种小吃在西安到处都是，算是有名的小吃。后来我才晓得，在西安南北东西各个小巷里都有小吃，但做法都不一样，我至今不晓得正宗的胡辣汤在哪儿。吃了许多家之后我才有比较，觉得莲湖区那一带回民做得比较正宗。特别在冬季，早上喝上一碗，胃里暖烘烘的精神顿爽。我坐在这种小饭馆吃饭，看见巷道里密密麻麻的三轮车、电动车、自行车穿梭其间，发黄的树叶在人们脚下跳来跳去，街道显得脏乱不堪。这一刻，我想起我的村庄，一孔孔整齐的窑洞，宽大的院子里有几只鸡跑来跑去，靠墙的一边有驴棚、羊圈，闲置的窑前整整齐齐放着镢头、锄头、犁耙，窗格子上挂着一串串大红的辣椒。院内用石头支起的石床，已经堆满了金黄色的玉米，为了防止老鼠侵害，石床周边拴着大小不一的空瓶子，有时大风吹来，瓶子会碰撞发出叮当的响声，仿佛在奏一曲交响乐。老鼠不敢靠近，它们明白靠自己的智慧是战胜不了人类的，只能听着音乐丧气而去……

　　我熟悉这样的生活。我曾在农村干了好几年农活，是实实在在的农民。当农民是要受苦的，所有的劳作都是靠力气。可我偏偏不务正业——在受苦之余一个劲地看书，还写文章。村里人不大晓得，偶尔有送报的来会计那儿放一两封退稿信，会计弄不明白我的信怎么这么多，他用怀疑的目光递给我退稿信，他弄不明白，一个农村受苦的农民，谁给他写信呢？况且我在外边又没有亲戚吃公家饭，即便是在外面念了几年书，当了几年兵，也不至于有这么多的信吧？我当然不会说。在某个角落里，我拆开那些来信，一字不漏地看完编辑们的退稿意见，然后再装进信封里，小心翼翼地保管好。我对编辑们的赞许或鼓励充满了感激，一阵又一阵的冲动常常叫我兴奋不已，并且充满了幻想，这样的亢奋使我干起农活一点也不觉得累和苦。我白天在山里劳作，晚上趴在土炕上描画自己的未来……如此周而复始，一日又一日。写作并没有影响我的劳作成果，我在村里和别人没有什么区别，地里长的庄稼最能说明一切，秋收后粮食打得多少便能证明你的能耐。然而稍闲下来，我望着窑洞对面的山，这些文字，让我突然间会感到迷乱。

四

　　在西安，我是十分虔诚地来学习的，说具体一点便是来打工的。我晓得自个儿不可能一下子有所收获，更不可能靠写作维持生计。到西安之前，我和一家文学杂志社有约定，我的身份只不过是个临时工，编辑部的所有活我都可以干，但没有任何决定权。我每天要去门房把所有的来稿来信，包括全国各地的交流刊物抱到编辑部，该发给谁的发给谁，绝不可以出任何差错。另外就是把所有的来稿登记一遍，按照小说、散文、诗歌分类开来。分完稿子，我要把办公室认真打扫一遍，有时也给主编或某个编辑打开水。有时，我不停地给宣传部、出版局、文联、作协等有关上级送文件，稍有空坐下来，办公室的电话不停地响，我往往累得木然。我像一个忘记了台词的演员，用一口纯正的陕北腔与对方交流，这种有些拙劣的交流十分费劲，也费神。办公室拥挤不堪，堆满杂志与稿件。有时会来一两个甚至更多的文学青年，也有中年人、老年人，他们不厌其烦地给我倾诉写作经历，并且十分小心地从衣袋里或者从挎包里掏出皱巴巴的稿纸，那上面密密麻麻写满了字，不知是小说、诗歌还是散文，字迹工整、潦草、凌乱的都有。他们希望我收下稿子，或者帮他们交给哪个更有权威的编辑。有时他们非要见主编，倾诉自己的生活坎坷。当然我无能为力，每天这样忙碌之后，我都感觉，编辑部就像一个市场，来来往往的人都在释放着自己的热量，推销自己，在相互审视、尊重之后，都将自己注入复杂的环境当中，似乎都贴上"作家""诗人"的标签后，此生才能安息。

我刚到编辑部很稀奇，对一切都有新鲜感。每天陪着这么多的名人一起，是多么开心和幸福的事，仿佛我的面容也被大师们的光芒照耀了，脸上就像有火焰燃烧。我的文学梦，从容地展现给人们，因为从这种氛围里以及大师们身上，我对很多事物都有了新的认识，还有持续思考与关注。

编辑部所有人可以不叫我名字，除了少数几个叫我的名字外，其余都喊"哎"或"那个谁"。因为初来乍到，不熟悉编辑部规矩，加之自己是虚心诚意地来学习的，所以我对称谓并不在乎。然而，我很快发现，有时为一件小事，他们也会争得不可开交，甚至面红耳赤乃至翻脸。

从农村走来，在此之前在定边或者米脂县城我算是见过世面的孩子，那时像我这么大的到了十好几岁才到过县城。来西安后，我的生活本质并未发生改变，所不同的是，我的周围环境，高楼大厦与宽阔的街道，显得我如此的弱小。新环境让我内心更加自卑、发窘，甚至悲伤，天底下人与人竟然有这样大的差距。作为一名文学青年，我执着地来这里希望自己更加成熟，将来有所作为，可我无法承受这些浓烈的，有时是失望的俯视，我总是那么小心翼翼，声声叫着老师，接着是大批的文学青年（多数是在校大学生）叫我老师，让我内心的自卑得到稀释。编辑部旁边是莲湖公园，除此之外再没有什么明显的建筑。莲湖区基本还保持着老模样，西大街与莲湖路中间夹杂着参差不齐的老式房子，窄窄的巷道常常拥挤不堪，五花八门的小吃店与小卖铺让人眼花缭乱。这里是西安回民集中居住区。

适应西安生活的第一步便是如何过好"日子"。因为钱很紧张，我必须计算好日常生活所需，对一个客居他乡的人来说，一日三餐是最头疼的事。我所居住的地方是一家部队招待所，编辑部租的房子在三楼，这一层还有两家保险公司。招待所有灶，但我必须计算好在灶上吃便宜还是在小摊上吃便宜的问题，这令我伤透了脑筋。这样的核算必须连毛二八分都合计出来，每当超过核定数额，我都会心疼一阵子。我先是从小巷的每一家小吃店吃起，从不敢吃有肉类的饭菜。那阵子小笼包子好像最便宜，我一个劲地吃，直到好多年以后，我提起小笼包子还反胃。还有一个就是胡辣汤，我天天去喝一碗，后来和黄河浪两个人一起去，我们觉得有家胡辣汤不仅正宗可口，更重要的是那位掌勺的女子十分好看。时间久了，因为是常客，女子见了我们先是友善地笑，然后把热腾腾的胡辣汤端上来，辣子放得轻重，她自然知道。我们没有说话、没有交流、没有沟通，可从她的眼神里，我似乎读懂了什么，偶尔她会抿嘴一笑，那样子极可爱，那种笑，会让人的整个骨头酥掉，甚至魂飞千里。黄河浪曾开玩笑地对我说："这女子看上你了。"我有些不好意思，反驳说："可能看上你了。"黄河浪一脸的失望说："我这长相，女娃轻易不会看上的。"我没再说话，心里却美滋滋地自我陶醉。我心里想这女子长得俊美，能否成为媳妇无所谓，哪怕有短暂的爱情也行。然而，这种类似做梦的念头，很快便消失了。有一天早晨，我们去那个地方时，卖胡辣汤的摊位已经无影无踪了，更不用说那女子。好一阵，我内心还觉得惆怅，人世间有许多美好的故事还没开始便结束了。

为了节省开支，我和黄河浪在房子里放了一个电炉子，再弄些酱油、醋、盐之类的调料，有时每天从食品店买两个馒头或一斤面条，有时弄一斤鸡蛋，稍许吃点垫一下肚子。这样的早点十分廉价，中午去灶上打一份饭，下午再去小吃店，一日三餐都精心规划。作为两个大男人，精打细算时时让我们陷入窘迫与悲愤之中，那些浓烈的情绪时常在夜晚，在编辑部仅剩下我们俩人后被发泄出来。

这世事就是如此不公。所以要过得好必须加倍努力。

这种痛苦让我心尖阵阵发痛。我一直问自己：为什么？我发现，这个问题经常在夜深人静我推开稿纸的时候出现，只有一行行字、一段段故事，才能释放我所有的重负。在文学写作这个行当，只有作品才能证明一切。

我就这样，在西安还有个藏身之处已经很满足了，其余的，我让自己重新开始。

五

我是编辑部里琐碎事最多的人，好在编辑部主任、诗人朱文杰兄时刻照顾着我。朱文杰兄是铜川过来的，为人非常实在，从不跟人斗什么心眼，本来他的编务工作忙，要协调许多事，他还坚持写作，一首接着一首的诗歌发表让人眼红。后来他送过我不少诗集，更让我体悟到他对弱者的同情是在读完那本厚重的《老三届采访手记》之后。他曾做过知青，受过磨难，经历过痛苦，所以他安排一些工作给我，能让我每月领到一定的补助。尽管钱不多，但我能在编辑部花名册上签字领补助已经是很幸运的事了。在外人看来，编辑部的每位编辑都是那么神圣、崇高，所以大多数西安的作者，特别是高校的作者，一个个怀揣着同我一样的梦想，小心翼翼地走进编辑部，轻轻敲着编辑的门，然后一脸虔诚地从口袋里掏出揉得皱巴巴的稿纸，他们有些不好意思地往平捋了捋，递过去的时候声音小得像蜜蜂："老师，我写的诗（或我写的散文，或我写的小说），请您百忙中过目，提一点修改意见。"

多年以后，我还清晰地记得有位诗歌编辑满脸的傲气，目不斜视地摆弄着自己桌上的盆景对一个作者说:"文学道上是那么好混的?我们连各地名家的稿子都看不完,哪有闲工夫看你们初学者的?"他的口气极为严肃,不屑一顾,一副大家气派,那个作者当时退出来就开始抹泪,下楼梯的时候好像哭出了声。我当时心一沉,也差点哭出来。现在,我才晓得,这么些年过去了,一个业余创作者是多么不容易呀!在编辑部最让我开心的事是去省作协送文件或给某个编辑老师往《延河》送稿件。我在星期日没事的时候,在黄河浪的建议下,从招待所一侧的废品堆里,翻出了一辆十分破旧的自行车。黄河浪什么工具都有,扳手、钳子、改锥,我东拆西配,终于把一辆破旧不堪的自行车鼓捣得有个样子了,大架子立起,剩下的是缺两个完好的车轮。那些日子,我四处留意,在部队招待所四周,每个角落,认真仔细地搜索了一遍,有一天终于发现在灶房的一个角落里丢弃着一辆自行车。我又盯了好多天,觉得这辆自行车是一个没主的货,于是在某一个夜晚拿着工具,就像做贼似的去了那个有些发臭的角落——就这样,我在西安有了自己的交通工具,尽管最终我还是花了六元钱换了里胎,同时给某些部位上了油。这样,稍有空,我便十分惬意地骑着自行车在西安的大街小巷乱转,我没有停脚的地方,没有什么目的地,我就这么丈量着西安究竟有多大,街道是不是都通着,这个被称作中国最方方正正的城市,究竟是不是那么完美无缺。一座城市,从布局到细节,让人感到完美是多么不容易的事。但很快,我失望了,从细节里,我发现了遗憾,甚至是绝望。

莲湖公园四周大都是没有改造的旧式老宅,砖瓦房虽然规规整整却显得拥堵不堪,小卖部、杂货店、理发馆、小饭馆、水果店、服装店一一呈现。有空时,我常常独自骑着那辆自行车,十分无聊地逛荡,仿佛考察着一座海市蜃楼,缺乏真实感。古老的梧桐树枝叶茂盛,相互攀牵成一道古老的组合,神秘、幽远;汉唐风韵,半隐半现。一辆破旧的公交车驶过,咣咣当当,喘着粗气,刹车、启动,在人群里穿越,无所畏惧。我常常为此感叹,公交车司机实在叫人刮目相看,我内心产生了一种崇敬。或许,只有我这样的身份,在西安这样的人声鼎沸灯红酒绿中，才如此的迷茫。

　　后来我认识了一位公交司机，女性，很年轻，开41路车从火车站到西影路，途经20多个站，而且这条线路十分繁忙，街上车辆又多，要经过几个闹市区，挤公交车的人一波又一波，车厢里老是水泄不通。这样的情景，多少年来一直没有改观，然而这位姓张的女子在操作时却没有一丝的障碍。首先，她胆大心细，而且充满了机智；其次，她在未独立开公交之前，经过了严格的训练。我们后来坐一块儿喝酒，她俨然忘了自己性别那样，豪饮过后有些失去女人的韵味，她说在西安，开公交的也过的是下三烂的生活，一点自豪感都没有。冬夏春秋，各种气候，男男女女，各色人物，都得适应。有时她会十分粗野地骂出几句，说，娘的，大城市其实最冷酷了。

　　我跟着心酸，我也曾经有过这样的经历。

六

　　西安大大小小的街巷就像一个织好的蜘蛛网，在每一条小巷，都能看到拥挤的人流，夏天里还没有拆迁的小店铺门口常坐着穿短裤的或摇芭蕉扇的男人与女人，旁边小凳子上放一大杯泡好的茶水，一副悠闲自在的模样。夏天里炙热的生存环境，天南海北的口音混杂在小巷中。穿着短裙露着长腿的美女，打着伞急匆匆地闪过，让许多男人心动回头，高大的酒店猛地从低矮的瓦房间矗立起来。这使得像我一样的外地人暗自惊叹仰望。西安，大城市呀！人们在此生活格外地小心，我们的空间充满了尖锐感，还有许多的不确定。

　　在编辑部，我的身份不伦不类，编辑、临时工、通信员，好像都沾边，但我晓得我什么也不是，因为这地方不会属于我。我敏锐地发现，编辑部有几种身份的人，比如美编、会计都是兼职；再比如出纳小杨，一个待业青年，也是临时找的这份工作；还有一个很有名气的诗人，他也是借用过来做编辑的。这些人你来我往，除我一直坚守在办公室外，每月大家见不上几次面，这种工作，自己干自己的，没人强求你坐班。

出纳小杨大概和我一样再没有别处可去，她一天到晚叽叽喳喳坐在我对面说这种工作环境能让人疯掉，因为除了来几个送稿子的作者外，清静得近乎无聊，工资也太低，到处是五颜六色的稿纸上密密麻麻写的汉字，没什么能让人精神振奋起来。

有时间我会去莲湖公园，一池水，幽幽走廊，西安人有闲情雅致，走着碎步在园内玩耍嬉戏。而我，一个乡下的孩子，似乎还混沌，不知是没那心情还是备受刺激，偶尔看见树荫下绿草地上一对男女忘乎所以地亲热，我的内心狂跳不止，然后满脸发烧，我知道这其中有巨大的力量在体内滋长，人一旦挣脱了混沌，便会感到生活的大痛大苦。

西安的整个城市，灰蒙蒙的充满了神秘的色彩，让人看不透，也很难读懂。十三朝的古都似乎把一种玄机隐藏着，汉唐盛世的影子，不知道影响了什么。一个用城墙护围起来的城市，我站在任何一个角落，都感受到远古的深沉，远去的风景曾在此一闪而过，人们漠然的表情里总带着一丝伤感，还有愤世嫉俗的刻薄。西安人总是怀旧，总是沉浸在秦砖汉瓦的岁月里。

小杨是编辑部的出纳，起初我以为她是正式领工资的职工，后来才知道，她是聘用来的，一个月工资也少得可怜。小杨的长相很吸引人，很单纯，她不像有的西安女孩那样老练有城府，她是生机勃勃的青春少女，她把生活节奏放得很快，一边上班，一边读夜大。有时在编辑部，只有我们俩可以坦露一下各自的心思，比如说前途、爱情。我们似乎生存在一个夹缝中间，现实残酷地将我们震慑得不能动弹。多少年后，她离开西安远嫁他方，我不知道她日子过得如何，只是想到在西安的日子，在文人集聚，我们俩被人无视的环境里，我俩能一起畅想自己美好的未来，同时也设计着自己人生辉煌的追求，很让人怀念。

有那么一天，小杨竟然从家中拿来几瓶啤酒请我和黄河浪喝，就在编辑部里，那个下午过得特舒畅惬意。大概是同病相怜的缘故，我们喝着，说着。我记得黄河浪扯开嗓子唱了一首陕北民歌，然后，他说文联已研究过了，决定从陕北调他下来，这样，他便是编辑部的一名正式编辑了。小杨听了有些怀疑，她诧异连自己条件都不如的黄河浪竟然能调进来成为正式员工，拿正儿八经的工资。一个外乡人居然要挤进这个城市，挑战这个城市年轻人的生存场地，这听起来好像十分严峻、尖锐。

后来小杨不知喝高了还是内心充满了伤感，她哭了。似乎在西安她成了一个外来者，黄河浪要调进编辑部的事深深地刺伤了她。是的，她开始讨厌这个城市，开始对自己惋惜，这种表现相当于被人猛地踩了一脚，在难过的同时她开始做比较，都是临时人员，自己可是西安人，怎么一下子反了呢？我更强烈地意识到，有的西安人比较排外。殊不知，黄河浪用了十几年的时间，写出那样多的小说，而且是因西安给予他文学上的肯定才决定调他的。他经受的苦难、磨炼、煎熬、痛苦，小杨一无所知。正是十几年的努力，黄河浪才真正活成了一个正常人的模样。小杨的畸形想法，是经过西安这个庞大机器的挤压后，成千上万年轻人的想法。凭什么？为什么？他们始终这样疑问，这样挣扎。二十年后，我经一系列的遭遇后得到某种修复，心境豁然开朗，回想自己当初和小杨一样，莫名其妙地沦陷到一个死角里，心中瞬间枯竭，认为这个世界的许多不公导致我遭受如此漫长而难以解释的痛苦。现在，我咀嚼生活之后，已经消化了所有，灵肉融合在大地里，突然觉得在西安的时光是多么的短暂，一个青春洋溢的青年，直接告别了青春。

七

看到西安涌动的人流，我站在北大街十字路口的高架桥上，心里更加战战兢兢，这时候我才真正懂得了什么是沧海一粟。我在这人流中间，仿佛被狂风暴雨席卷过，我的存在微乎其微。在西安，没人看见我站在某一个地方，周围或许幽暗深邃，或许五彩缤纷，而我什么也触摸不到。

文学在我面前，竟如此纯净圣洁。

在西安，梦想渴望变成现实。但我在这种信心的另一方面，便是在这人流当中全是陌生带来的孤独与自卑，莲湖区社会路这块还有大片的瓦房区，穿过狭窄的街巷，看着摊贩混杂的集市，路过满是腥味的饭馆，我突然觉得自己再渺小不过了，瞬间便会有倒下的可能。生活灰蒙蒙的，让我无法解脱出来。生命是什么？是一种渴望，而当这种渴望看不见什么光明的时候，生命的意义何在？是的，西安是都市，它对我的拒绝和漠视，足以使一个外来者窒息，悄无声息地离去。我虽然身在其中，但无法融入进去，城市的温暖不属于我，而是属于那些强者，或者幸运者，我却什么都不是。

黄河浪却轻描淡写说："这算甚！"他说要当作家，就要有这种经历，这种刻骨铭心的体验，你的视角，盯住任何一个角落，不要仰视，也不要拒绝，不能将自己"孤立"出去。

我半信半疑。

我知道自己说服不了黄河浪。在编辑部，每天晚上空荡荡的楼层里只有我们俩，陕北的事和人是我们每天的交流话题。我们觉得故乡的人都是些"人样子"，不一般。陕北是多么让人难以割舍的地方，每当有一件不同凡响的事出现，我们总感到那样的亲切。

陕北赋予万事万物独具一格的特性，任何一个地方都无法相比。土地上的村庄、窑洞，千万条沟壑、山峁，是一种多么独特的景观啊！它荒凉、贫瘠、不富裕，人们偶尔从山头上吼出几句信天游，仿佛是从厚厚的黄土层里喷出来的，豪放、凄厉、委婉、真实。有时情感竟是如此奔放，思念化作一道道梁、一面面坡、一条条沟，草木皆朽，百花凋落，羊肠小道，窑洞院落，交错成网。灰头土脸的后生们走出去，一个个成了人模样，成了英雄才子。我的前辈、兄长，是一个个标杆，是路标，是灯塔，指引我前行——就这样，我和黄河浪说到柳青，一个大气的人；说到路遥，一个从不服输的汉子……

几乎所有的陕北人，常会说起这两个人。他们似曾相识，或再熟悉不过了，大堆的故事与人物从地到天涌过来。陕北人很容易记住这些出自自家人手中的小说故事，那种起源于黄土高原的力量，永恒地支撑着一代又一代陕北人。柳青人已去，可我从照片上看他那双睿智的眼睛时，还是不由得胆怯。而路遥就在西安，建国路七十一号的院子里，我怀着敬畏走进去的时候，虔诚地觉得那几幢砖瓦房凝聚着神性。

　　我还是带着编辑部的差事走进省作协大门的。那阵子我认识了在《延河》编辑部当编辑的远村，还有《中外纪实文学》杂志的编辑航宇。在此前，我和航宇认识，因此去了作协也不显生疏，总算有熟人老乡拉上几句话。远村是陕北汉子，诗人，我第一次见他便感觉他十分沉稳，是硬汉子，并不像有些人出了点名就不知天高地厚了。远村的胡须自然地挂在腮帮子上，并不是刻意留的，天生一副串脸胡。我说远村长得就是一个诗人的模样，一定能成气候的。转眼便是二十年后，远村除了写诗，他还当了《各界》杂志主编，而且书画了得，只可惜他胃不太好，不能和我一块儿饮酒。我每到西安，只要见面，他便招呼几个老乡过来，必须用酒招待我，他说我喝酒喝出了名堂，能把酒喝到极致。我高兴，每次喝得尽兴，有时醉倒在西安，不知李白在。

　　喝酒是文人的嗜好，且爱喝酒的文人大都有古代义士风度，这种看起来奢华的生活，成了我人生的一种姿态。其实社会发展到了今天，我只不过去小酒馆，喝的全是低档酒，花生一碟，泡菜一盘，还有土豆丝，没什么讲究。朋友、弟兄、同学，三教九流都坐下来喝，只要彼此诚心，彼此信任，无顾忌，没猜疑，更没有捉弄；畅饮着，豪爽着，激动着。这样的生活没有疲惫，没有别的念头，只是想醉了，轻盈的诗，厚重的小说，圆润的散文都在梦中飞扬。尘世间错综复杂的事都在酒精中消化，变成一个个分子，在血液里鼓噪着，涌动着，聚集着，而后有能力出来。我就这样坚持着。

　　1998年的元旦，我们就是如此在编辑部度过的，因为钱，我和黄河浪只买了一箱汉斯啤酒，莲湖区回民兄弟的卤牛肉、花生米十分可口，越慢慢咀嚼味道越是上口。我们俩陕北汉子，一杯一杯地喝着，完了在楼道里放了一串鞭炮，整个楼房地震山摇，有人以为楼房要倒塌了，三楼的那个服务员跑上来，远远地看着我们惊讶得半天说不出话。这个元旦就这么过了，整个楼里空荡荡的没人，这样的节日，有谁准备如此简陋地独自找乐呢？

　　第二天我有一首写元旦的诗在陕报的副刊发表出来，那个版面全是名家，我吃了一碗羊血泡饼便跨上那辆自行车，从莲湖路出去，向东到北大街再去钟楼。钟楼周围已经有了游人，他们摆着各种姿势与钟楼合影。我一停下来便有人过来问照不照相，照片可以邮寄回去。闻言我心头忽闪一亮，脱口而出说我就在西安上班，那人一脸的失望回头便走开。这一刻让我开心，我站在西安的心脏，说自己是西安的一分子，多么值得炫耀与纪念。我不挤公交车，我是一个自由在西安每条街巷飞跑的人，不必问路，也不问什么名胜古迹。西安，横七竖八的街道，直线加方块，有规有矩，四四方方，我惧怕什么呢？

　　在东大街过大差市十字路口时，我只顾胡思乱想，在红灯亮了的时候横穿马路，一个胳膊戴红袖章的女人吹了几声哨子用小红旗指示我停下，而且十分严厉地斥责我。我这才如梦初醒，回到街边等待。说实在话，对于城市里十字路口的红绿灯，我并不理解得十分透彻。因为从小我在陕北，在那个地图上一时半刻找不到的乡村长大，后来不停地往县城里跑，以为世界够大了。县城里有街，在遇集天很拥挤，自行车、三轮车、驴拉车，剩下的便是挑的担的背的进城弄点小买卖的农民，汽车很少，偶尔开过来一辆，刺耳的喇叭一响，人们惊恐万分地躲闪，而后立足看上几秒，心里大多敬仰着这车，还有开车的人和坐车的人，认为能坐上车的人都有一官半职，特别是那些坐小车的人，那种羡慕的眼神一直留在我脑海里。在西安，我曾为自己的无知暗自失笑，二十年过去了，县城的汽车成了一种祸害，它们把道路堵得拥挤不堪，与西安一样，县城也有了红绿灯，有了站岗的交警。然而，对于任何一个城市来说，发展得越是飞快，拥堵得越是严重，更何况是西安，有城墙围着，想进来的进不来，想出去的也难出去，就那么几个城门，现代化的进程与古代去接轨，恐怕这中间交叠的各种痕迹，还有各种事物争相浸入其中，有许多不可思议。

　　在西安，步行或骑自行车若不按交通规则行事，不遵照红绿灯的提示，轻则被批评教育，重则要罚款或扣留车子。此后，每当我过马路的时候，很自觉地形成了一种习惯，红灯停，绿灯行，左观右看，养成了不给城市添乱的良好品行。事实上，当一个人的良好行为成了一种自觉行为后，他的精神才能达到极致状态。而在如此巨变的时代，往昔许多良好的习惯正在被丢弃，以致我们许多人想重拾传统文化，拿出孔孟之道来说教。这让人很绝望，人们内心深处没有了自觉与约束，道德的力量消退之后，我们将像城市一样面临着许多的威胁。

西安就这样立在我面前，深厚的历史文化让我时常目瞪口呆，我读不懂市井，看不懂碑林，我无法穿透又高又厚的城墙，更没有能耐看懂一个个兵马俑武士的眼神。西安是中国历史的丰碑，无论你听到关中腔还是陕南腔，无论是陕北话还是普通话，纯正的西安腔蕴满了"秋风吹渭水，落叶满长安"的盛气，在浓厚的汉唐气息里，很多人趾高气扬、昂首阔步，刻意表现出一种神态，这种神态很僵硬，使其在笑容里，有一种与皇城根沾亲带故的自豪。他们吃着羊肉泡，十分绅士地坐在某一处讲解着有关西安的繁华锦绣，说着陕北的贫穷，那种眼光，十分鄙视而且有些按捺不住的优越，那种高高在上的口音发出一声声长调，十分凄凉，听得人毛骨悚然："陕北呀，那个不毛之地。风呀，沙呀，冬天那个冷呀！吃的是粗粮。啧啧，陕北有亲戚就倒霉了。"大城市里人就是这样对乡下不屑一顾。他们讨厌，陕北过来走亲戚的人进了楼房脚不知往哪儿撂。进门换拖鞋坐沙发他们不懂，也弄不明白，吃饭就那几个小碟小菜，这样的尴尬让我们无地自容。更让人无法容忍的是去卫生间，马桶怎么用？简直有自杀的感觉。陕北有许多这样去西安走亲戚的回来都这么说，不去了，就是皇帝金銮宝殿，吃山珍海味也不去了，那是甚鬼地方，走进楼房就是关了禁闭，像个犯人。我有同样的经历，有一次，编辑部小秦特意请我去她家做客，我推辞了一番没推辞掉，于是，准时去了雁塔区小寨那一块地方。小秦是编辑部的会计，女同志，十分友好，我们都是临时工，彼此没有隔阂，更没有高低之分，她的邀请，让我倍感受宠若惊，一种温暖荡漾在心中。由于距离远，她怕我骑自行车找不到地方，所以特意交代了我去时坐公交车的线路，北大街乘车，出南门，换几路车到小寨下车。那时对于许多人来说，乘坐公交也是奢侈的，别小看毛二八分钱，有时填饱肚子就靠那点钱。在西安，我没有那么笨，因为我从来都没有找错过地方，即使骑自行车或乘公交车偏离方向，我也会立马更正过来，多走几站路是不成问题的。我年轻，朝气蓬勃，在农村锻炼了一副吃苦耐劳的体格。到小秦家，开门后我便有些后悔了，心里那种不自信让我直冒冷汗。小秦的房子刚装修过，一派新气象，用陕北农村人的话说，到处是明裹净朗。我开始拘束，不自然，频频走神。小秦忙着在厨房弄菜，我一个人百无聊赖地坐在沙发上，假装去喝水，极力叫自己镇定。然而，那种莫名的紧张让我像个傻瓜一样，眼神不知落在何处。一会儿，小秦说菜好了，也没叫任何人，就我俩，只是表示一下高兴的心情。我说两个人是不是太浪费了，她十分自然地笑着说，有朋自远方来，不亦乐乎。我们便开始动筷子，我不知是心虚还是有什么顾虑，总觉得一男一女这样吃饭有些别扭。我问她丈夫呢，她顺口说出差了。

我们这样开始吃，很慢。小秦喝红酒，我喝啤酒。倒霉的是啤酒下去肚子很快就不适应了，我想去卫生间，小秦十分聪明，她像看透了我心思似的用手指着一个地方说卫生间，我的浑身轰地燃烧起来，一个大男人，一个要闯世界的后生，一个异想天开想成名成家的家伙，在一个女人面前显得如此怯懦与拘谨，如此笨拙和愚昧。

那一日，我有些醉意，在回编辑部的路上，没有换乘公交车，也许脑子里根本记不清该坐哪一路车了，一个人走在西安的大街上，看见天空闪耀的星星，满脑子自卑，沉重的心无法释然，心里一直说：狗日的西安。

八

我逐渐习惯了这种生活。西安各方面的变化就在我周围展现，尽管厚厚的城墙显得闭塞，它相对于南方的经济巨大发展来说有些缓慢，而它给我带来的文化底蕴，使我能在方格纸上不停地写作。然而，写作不得要领，这需要耐心、反复，这不像在农村劳动靠体能便能解决问题。西安，置身其中，我以为深厚的文化底蕴会铺天盖地地给我灵感，那些文学大师们就在身边，即使我沾不了仙气也能沾点文气。但是，我错了，写作是自己的事，没人会教你怎样写，更何况在文人们的圈子里，壁垒森严，要突破全靠自己。

由于自卑，我写出的自认为是小说之类的作品羞于拿出来让老师们看，何况让我惊诧的是，编辑部充满了重重矛盾，私下里有几个编辑对主编的意见装满了一肚子，我找不到自己合适的位置，两边的人都不可以得罪，这种夹缝生存的状况让我的志气消失殆尽。每天上班，我有些机械、僵硬，声音喑哑，所有的冲动被埋藏起来。晚上的时候，我小心翼翼地问黄河浪，怎么回事？编辑部的气氛明显的有一种对峙与紧张。

我这才明白过来，杂志在上级部门要求改革期间，很明显地有两个阵营的队伍站到了对立面，子页与和谷以决胜的把握赢得了这场看起来激烈的"权力"争夺战。后来某一家报纸上整版地刊登了文人们文斗的情况，落榜的一派，用十分强硬、尖刻的语言，全面否定了杂志社这一改革。人们喜欢这种唇枪舌剑，看着这样的文章，西安的文学界心跳得愈加疯狂，这种斗争，起初一直像股暗流涌动，最终爆发，在文学界见多不怪，有著名的作家参与其中，看点就更高了。

本来在文学的殿堂里，所有精致与美的东西都令世人仰望，然而在这里，它们被粉碎了，被撕裂了，与之相连的高尚情操，大师们的光环慢慢失去了光泽，当整个事件被浓缩成人们聚焦的问题时，人与人之间撕裂开的那道裂痕，永远也缝合不上了。瞬间，我看到了这里所有的人衣冠楚楚下面隐藏的扭曲状态。

后来我才明白，文人有时更残酷更疯狂，平日里的一举一动都是包装出来的，他们浑身都蕴藏了一种狂躁的气息，像一只膨胀的气球，到了最后一秒必然会爆炸。这种检讨，不知若干年后的今天，我在西安看见的一个个两鬓白发的老师作家们，有没有反思。人活着到处是死穴，有时一点，便会轰然倒塌。

在这个圈子里，表面上需要古老的礼仪，还有戒律与恪守，实际上城市里的人除了钱，似乎不再需要什么别的。而文人们，仿佛什么都需要，更何况我这样漂在西安城市河流中的文人。那些璀璨的灯光是多么诱惑人，还有散发着芳香的女孩在这条河流当中，她们也许会随时淹没，但一时的流泻让这座城市活力四射。城市变得无法安睡，每一幢玻璃楼的光与影后，都是一个个神秘乐园。我有些迷失，20世纪80年代，人人都是文学青年，但有的人正在海洋里以亢奋的状态发家致富，我为何选择了这条路，而且不能自拔？

我无暇顾及那些复杂、尖锐的斗争，作为一个旁观者，无论谁对谁错都不重要。因为，这种斗争暴露出让文人们更悲伤的真相。对于我，更谈不上平等、同情、理解，这是无法改变的现实。

我无语。

西安的喧嚣会使你心潮澎湃，我清楚自己想得到暖意，要靠自己坚忍的力量。中国最底层的农民，我们陕北叫作受苦人，他们天生有这份耐力。我们的生活，是从微弱与寒酸中开始寄予希望的，所以，当不少漂泊者连说话的语气都发生变化时，我坚持自己浓重的口音，说陕北话，让西安的人嘲笑，那是一个穷地方啊！

在省作协院内，路遥坐在那把破旧的竹藤椅上，看见我、远村、航宇走过来时说，一看就是陕北来的后生，走路的气势都不一样。

是的，我们在西安，用自己的血肉之躯汇成一股力量，势不可当。若干年之后，我回忆着西安，总是被感动、激发。路遥如此大名鼎鼎，竟然如此看重我们。我知道，路遥饱满的身躯内蕴藏着最荒凉的记忆，同时也蕴藏了巨大的能量，他的贫困，比我们想象的更严重，但他用写作赢得了世人的喝彩与尊重，稍有文化的西安人会情不自禁地充满了敬畏，觉得陕北人的确厉害。在文学圈内，路遥像一堵用石头砌成的墙，无人能逾越。这让我等文学青年充满了自豪。在西安，我能掌握自己，于是便生出一分感动，一丝幸福。

我曾抱着如此的冲动，煽情地在县上筹集近一万元资金，要知道，那年代的一万元，对于我来说近乎天文数字。我搞了一个与县城发展不协调的文学大赛活动，还印刷了一本小册子。当我对主办方说有著名作家李若冰、路遥的题词后，主办方领导欣喜若狂，他有些不相信地问我，这是真的吗？后来，我在西安，专门去省作协找到路遥，他没有半点犹豫说，支持一下你，在基层搞这样的文学活动不容易。于是，他立马提笔给我写了"讴歌黄土地"的题词，刚劲、有力，是一种鼓舞，更是一种激励，好长时间，我一直把路遥的题词作为座右铭。我生在黄土地，长在黄土地，我的写作，必须全力去诠释黄土地的人和事，才能不辜负路遥的一片希望。我曾去雍村饭店看路遥时，他说房子是陕北一个朋友出钱给开的，他正写《早晨从中午开始》，满房子的烟味，以致服务员进房子打扫卫生时不得不恳求说把门开着换换空气。看着桌子上偌大的一个烟灰缸堆得满满的烟蒂，服务员悄声说，这么大烟瘾呀！

路遥烟瘾大，又没钱，抽不起好烟。那年代，稿费少得可怜，工资更是少得可怜，每遇到重大困难时，路遥常常很无奈，捉襟见肘的尴尬常会碰到。后来，《平凡的世界》获了茅盾文学奖，路遥并没生出有的名人那样逼人仰视的凌厉气势。在作协院内，他依旧那么敦厚、朴素，就像黄土地上的一块巨石，稳稳地扎在那儿不动摇，他在思考另一种人生。可谁知道，就是这样一位智者，一位勤奋劳作的人会突然间轰然倒下。路遥留给世人的永远是叙述不尽的遗憾，他把作品最后都升华成无限的大气、灿烂。犹如《早晨从中午开始》那样，永远光芒四射，永不黑暗。他把世事弄得一清二楚，也把世事弄得惊天动地。多少年过后，在西安丈八沟宾馆开陕西省作协换届会的时候，当着三百多人的面，省委书记的讲话全是路遥，这让人又感释然，路遥沉重如鼎的作品，使整个中国与世界都听见它厚重的声响。在西安，某一日，路遥还亲自送了我一套《平凡的世界》，在扉页上，他写下了对我的赠言："事物的要旨是这样的：从任何一项成功，都产生出来某种东西，使更伟大的斗争成为必要。录惠特曼句与华勇共勉。"那是1992年11月17日，深秋，我回到家乡黄土山上收割庄稼,从广播里听到路遥去世的消息,我有些蒙了。做人养浩然之气,做事志存高远的路遥,把一个人文气场平静地放下来,让那年寒冷的秋天早早进入冬季。

但在我心里,路遥却以另一种形式存在着,每当我开始写作,我的血,我的气脉总是被他的永恒感动、激发着。

九

关于在西安的生活,我仿佛像一个潜伏者,我游走在城市的任何一个角落,我十分的幸运,我得到许多名人老师们的扶助,是他们使我能在文学这条路上如此坚定地往前走。有时我会陡然生出幻觉,某一天或某一年,我的作品呈现出一种鎏金光彩,照着我的村庄,照着我的生命和死亡。

我在西安的生活虽然简单粗糙,但我每天把属于自己的工作做得无可挑剔,空闲时十分老实、天真、专注地看书,看业余作者来稿,写回信。到了晚上,我开始写小说,一个属于自己的世界,很有力量。西安是竞争者的乐园,纯正的西安市民有他们自己独特的生活。白天,他们忙着上班挣钱,或与游客讨价还价。晚上,他们在楼房里或退到街区后面的院落中,继续着他们亘古不变的生活,喝茶、下棋、闲聊。夏天赤着上身躺在一把竹椅上,手里拿着芭蕉扇,一副悠然自在的模样。面对他们的这种优越感,我越发地想要改变自己。多少年,我一直暗叹,西安这么多的高楼大厦,却没自己一寸一分栖身之地。在西安,像我这样上无半片之瓦、下无立锥之地的人太多。在这光芒四射的城市里,机遇无限,可惜我坚持不住,梦想在西安住下去的愿望随即灰飞烟灭。

著名作家李若冰先生曾给我写过"情系黄土地"的句子,我一直深深地体悟着,我在这个城市里得到什么或者失去什么都不重要。我一个从小小的山沟里走出来的人,一下子扑到西安这种辽阔的地方,楼房一幢挨一幢,就像不断重复的影子。这里的人,古怪,斯文,被汉唐的气息所笼罩。他们不像陕北农村人那样豪爽、大气、无拘无束、直来直去……皆释放出一股庞大的底气。我把陕北人的特性带到西安，无法改变，之后很久，我身上总有黄土的味道。二十年后，这种特性叫西安人产生无限的崇拜，他们一个劲地唠叨，陕北人呀，有钱腰粗了，十万八万不当回事，西安的硕大酒店都是为他们开的，还有楼价，都是陕北人抬起来的……

财富汇聚，昔日的穷人，一下子富了起来，这让西安人大惑不解，那块寸草不生的土地下面怎么会冒出巨大的资源呢？

但是，别人露出新的信心时，我没有。我只有不停地爬格子，爬格子，文字在我的书写中越来越被人们认同。

在西安，置身于文人汇集之处，我常感慨，在这条道上挤的人真不少，那种望穿秋水的期盼，灼痛的双眼，没日没夜地在稿纸上重复着，重复着。汉字的词语千变万化，每个文学爱好者，连同有名气的大家们，都不得不去面对把冰冷的汉字写出温暖的现实，当苦思冥想的作品一旦完成，作为一个写作的人能体会到分外的轻松与自由。

我在西安的每一条街巷寻觅着，每当去钟楼邮局发完一期杂志后，我就从骡马市、大差市、案板街或书院门、竹笆市，一溜烟出南门或西门到土门，毫无目标地乱转。有时我在书院门停留下来，不买不卖，虽然表面上很平静，其实浑身蕴藏着疯狂的气息。城市里的塑料袋、报纸、果皮、瓜子、矿泉水瓶随处可见，我的青春与它们无关，这种简化的生活，无声无息地让我在缩小的影子中发挥想象力，比如冬季最好去吃价廉的羊血汤，那腥汤是可以加的，你喝了后立即神爽气昂，瞬间发现自己和西安人没有多少差异。因为没人注意你一而再、再而三地加汤，这种生存状态趋同之后，饥饿感并不那么强烈。

出纳小杨整天叽叽喳喳说着邻居、同学，或在某个街巷发生的故事，看似老练，但一举一动包括眼神都流露着少女的天真。有时去银行取钱，她撒娇地非要我骑自行车带她去，她的理由很简单，街面上乱，有小伙子抢劫。是的，那时候每个月编辑部发工资发稿费有时十几万元，数目庞大。小杨继续读夜大，一门功课一门功课地过关，她因为自己没正式上大学而懊悔不已,就连说话的语气也混合着幼稚。在她面前,我显得特有城府,有时我带她的时候,回头问她,要不嫁给我吧?

小杨还真有几分认真,她说自己还小,没有正式工作,这样早嫁人不好,何况要去遥远的陕北,一个她十分陌生的地方。我笑了,飞快地蹬几下自行车,这突然的动作,让她惊恐万分,将脸贴在我的背上,用胳膊紧紧搂住我的腰,那种芬芳和幸福,没有羞愧,没有胆怯,一切很自然,岁月就那样如此煎熬人之后,沉淀下来的是漠然的表情。

在西安,我没有爱情。

不知还有谁像我这样无望地守候着。这种心情压抑久了,总想发泄一下。有一天,还是在部队招待所的饭堂,我终于有了发泄的机会。在院子里,除了部队之外,还有西安的两家有钱的公司租房办公。吃饭的时候,我猛地发现大家在另外两个打饭菜的窗口排起了长长的队伍,而另一侧的窗口却空无一人。我问黄河浪咋回事,昨天还不是这样的。黄河浪走过去,发现窗口上端贴了一张纸,写着"经理打饭处"。于是,黄河浪问,我们的主编算不算?没料到,厨房里一个二厨不屑一顾地回答说,你们主编算个×。这下子惹恼了黄河浪,他仿佛受到极大伤害一样,没有半点思考便把一碗蛋汤泼了过去。那个愣头愣脑四肢发达的家伙提着一把菜刀冲出来,饭堂里乱成一团,那些男女刚才还有说有笑,一下子面无血色了,他们惧怕地尖叫,让我和黄河浪生出满腔怒火。我们用顺手牵来的凳子、拖把作武器,二比一,没有悬念,我们很快打败了对方。

很快,那个二厨倒在地板上求饶了,饭堂里的厨师出面说情,他挺着肚子说这小子太不长眼了,辱没斯文,动刀动枪,该揍。我后来还问黄河浪,那个肥头大耳的家伙还识文化?黄河浪波澜不惊地说,狗日的还算识相,只是没想到你下手比我还快。

是的,我们有时候还对抗一座城市,一切与文字有关,只要是朋友、兄弟,两肋插刀的勇气还是有的,和别人无关。

第二天,主编子页开玩笑地对我们说,给咱争了气,文人不武也文不了。

这是陕北恩赐我们的。

十

1998年是个多事的年份，回首西安，我已经看不清自己愤世嫉俗的模样，一切都变得黯然失色。从教场门37号搬到莲湖巷，像所有出书者一样，我把自己发表的小说收集起来，交给一家出版社。

我又发现了文人的那种尖酸与刻薄。我在出版社找到的一个责任编辑，他把书稿拿去后再无音讯，要知道，这是凝聚我心血的第一部书稿，有人曾建议我送点礼物过去，我战战兢兢地给家人打电话说买两条榆林毛毯吧！

没想到，毛毯还没捎到西安，那位编辑却十分婉转地说榆林的皮夹克不错。我明白了，最后的一点灯火被浇灭了。我在西安摸爬滚打几年，如此看来一路荒芜，只有城市是繁华的、日新月异的，人是假的。许多细腻的颗粒把人变得越来越模糊，文人们一边喊着正义、良心、道德，一边践踏着它们，在汹涌的社会大潮中，总想猎获食物。城市里人们很容易忘记或者被忽略，得到任何食物都是自然而然的。我开始诅咒，内心完全像雾笼罩一样，充满了抹不掉的迷茫。

朱文杰老兄说，你把书稿要回来，另找一个人，这狗日的吃到自己兄弟头上了。我实实在在地觉得一种酷寒裹着全身，我说话有些颤抖，这行吗？

我从莲湖巷出发，沿着莲湖街朝北大街走去，小心地盘算着每一句话每一个词的运用，我生怕自己一不小心得罪那哥们儿，鸡飞蛋打，什么也弄不成，就像陷入一个泥潭里，不能动，需要有人搭救。不然，越陷越深。世界前面全是光亮，但没了缘分，你就看不到。

有一年在西安开省作协代表会，我碰见了我出的第一本书的责任编辑邢良俊女士，她的头上已开始萌生白发，岁月在她脸上已经刻下了痕迹。邢良俊女士作为资深编辑是被大会特邀而来的，要知道作为一个优秀的编辑,她注重的是发现培养出类拔萃的作者。想当初我拐弯抹角地从那个哥们儿手中取回书稿,朱文杰便介绍我去找邢良俊女士。于是,很顺利,邢良俊女士看完后拿着书稿亲自找到出版社总编。她说,陕北出一个作家不容易,而且作品也优秀。至今我还保存有这份发稿登记表,邢良俊女士是这样写的:"这些作品均系严肃的文学,较真实地反映了现代青年的心理和生活,艺术上达到一定水平。老作家贺抒玉为该书撰写了序言,建议出版。"终于,王平凡先生签了同意出版,那是1998年5月25日,我的第一部小说集《链歌》由华岳文艺出版社正式出版发行了。

人经历过许多的成功与失败,就像从一场梦魇中醒来,从来都不能准确地描述那种惊恐,仿佛委屈了许久之后,我拿着自己散发着油墨香味的第一本书,忍不住低泣。

正是这一年,我所在的编辑部办的杂志停刊了。我的又一次转身,将我一生一悟,扯拉到故乡的怀抱。

在西安,停刊后的编辑部瞬间乱成一团。

十一

我所期待的一切,也许值得安然。我所不能担负的,只有我寂静的心。自己最初对文学写作的向往,那种虔诚,就像信徒膜拜神灵一样。在西安所有的历练,如今溅落在生我养我的土地上。

现在,我还是爱一生鞭策我成长的文学殿堂。因为爱恋,我的文字会留在世界上比任何东西更长。现在,西安那些熟悉的街巷都变了模样,但它似乎默默地停在过去一段时光中,像相信人间有隔世的重逢一样,我也会坐在西安曾经坐过的地方,看着繁华喧嚣,看着人流车流,还有早已逝去的人的影像……

李若冰老前辈笑容可掬地问过我,你太实在,这么些年一直就没提出到西安生活?

我哑然无语。

我晓得，李若冰、贺抒玉夫妇时刻关注着我的成长，在我努力前行的时候，他们始终支持着我。但我不断地失去机会，浑身像被什么紧捆着一样，没有胆量和勇气在西安住下去。西安是古都，十三朝皇城之地，现在是省城，不是我所能改变的。就像在大城市挤公交车的人一样，永远把生活停滞在那个节奏上，动荡繁杂，一双双游离的眼睛，疲倦而无奈。

　　只有我离开西安，才能逐渐清楚这个城市的轮廓是那样森严，街道上每一个公交车站台清楚地写着你要去的那些地方。然而，往往找不着南北，错过站台的人很多，我便是其中一位。这里不属于我，有时我甚至感到莫名的恐惧。

　　有一天编辑部诗人与他的漂亮媳妇打起了架，我作为劝架的人，后来才明白诗人平日言论偏激是有根源的，他所有的言行，甚至每月每日的细节，安全部门都掌控在手里。但诗人却不屑一顾，一个人写着他的实验诗，他漂亮的媳妇哭诉，原来自己死心塌地爱上了一个"特务"，多可怕。我们劝说，这不是解除怀疑了吗？但她仍然非常气愤，非常悲伤，总感觉没了安全感。她那种惊恐影响着我的情绪，有时我自己也问，多可怕的事，这个城市还有多少人像那位诗人一样被列在内控名单，多少人是我们的"敌人"？现在我明白了，城市人的冷漠与不屑，城市人的孤单是环境所致。没错，不知此刻那些形形色色的人是否也被人在暗中盯着？

　　我这样想着，偶尔会灵魂出窍。

十二

　　一个人就这样孤独地行走，我无法在西安待下去是因为内心强大不起来，然而在西安的体验练就了我坚忍的毅力，在文学创作这条路上前行，它给予我的力量聚集在身体上。只有我寂静的内心，保留着自己的净土。

　　我还在这里。写作让我放弃了许多利益和机会，跟所有农村青年一样，偶尔我也悔悟，为什么不坚持在西安待下去呢？这说明我体内还没有净化，还和许多许多人一样存有杂质，在物欲横流的时代，人们看着我的作品，看着我每天伏案写作的姿势，有些无法理解地问，还写呀？都什么年代了。有时他们嘲笑文人太具体了，顽固不化。

此刻，我在家乡的土地上接着地气、人气。又是一年的秋季，村里人带来他们自己丰收的果实：玉米、绿豆、洋芋、红薯，还有各种无污染的蔬菜，他们一脸的笑，说：今年是个丰收年。这对我来说，无疑是意外地得到了一种安定和温暖，尽管我已不再下地干活了。

一晃十几年了，所有的事被尘埃覆盖。在西安，那情那景，一直都在我血脉中流着……

偶尔我再去西安，一个人在宾馆里，我还是触摸不到西安的秉性。

许多地方已经面目全非了，有时坐出租车，司机说你们陕北太有钱了。

我不知是什么感觉。西安不属于我，是别人的。我常常望着高楼大厦像许多漂泊者一样，心怀惆怅，怎么就没有自己的容身之所呢？然而，我无论成名还是不成名，这座城市裹挟着我的青春，早已成了生命的基石，是它送给我那么多的礼物，今生享受不完……

酸枣树开花

那年秋天，我在县城一条古老的街巷里认识了娥。整个秋天我都想着这个女人。夜晚做梦，在一片海上，岸边站着的女人向我招手，我想那一定是娥，于是乘着波浪，伸出手臂想拉她。梦境是一种思念的伸长，长到能摸着娥的脸，摸到她光滑的肌肤，我站在水中央，十分浪漫地和娥嬉戏拥抱，然后接吻。天很蓝，水也蓝，心在跳。我们漂在远方的波浪上，开始了今生的情爱……

二十年弹指一挥间，我还是做着这个梦。

那时我在县文化馆上班，算是年轻的一员。那是一个文学至上的年代。城里刚开完文学创作会，几个积极分子彻夜不眠地说着人生，争论着文学。有两个酒鬼，不知从哪里弄来一桶散白酒，没有任何菜，硬是挤到我办公室兼宿舍里来，天天喝，天天醉，天天争，烦死了。起初我不沾酒，觉得喝酒十分讨厌，况且刚转成集体工，算是正式人员了，一个月几十元钱，自己也省着花。文化馆小院子再也没有人住，人家都是城里人，自己有窑有房的，老婆娃娃热炕头，没人喜欢住在这冷清清的单位。这正好合了像我这样单身汉的意愿。我认识的大都是文学青年、作家、诗人，他们有模有样，满口文化，有的哪怕写下几句话，拿来读给我听，硬说这首诗怎样感人，我听不明白，也弄不懂。反正，要达成一致或共识很难。有人突发奇想：我们自己办杂志。外面报刊不发表不认可，我们自己发表、自己认可、自己欣赏总可以吧？于是，大家一激动，首先给刊物起个名字叫"酸枣树"。意思很明确，陕北酸枣树都长在黄土山的崖畔上，无论气候多恶劣，无论水分多缺乏，它都是顶烈日冒严寒地生长、开花、结果，秋天红艳艳的果实十分耀眼夺目。我们文化馆有台打字机，因为近水楼台，文友鼓励我，说单位笔墨纸张宽裕，任务便落在我身上了。男的女的老的少的开始寄稿，城里的干脆亲自送过来，彼此相互吹捧一番。这中间，有一位叫娥的女诗人把我吸引住了。

对于文学，娥同我一样十分的虔诚。她和我同乡，村与村不到五里路，她们村子大，我们村子小。从地理位置亲近的角度讲，我们比其他人说起话来更熟悉，起码有交流的基础，先是关于家乡的，接下来便是文学。她写诗，能一口气背出很多古诗词和当代名家名篇。她正上高中，无忧无虑，对于未来，充满期待，有时也流露出一种淡淡的惆怅和点点忧伤。我看她的诗，和她说话，觉得这女子成熟得早，对生活与社会总是有独到的见解。她的诗里充满了少女的情感："我的村庄小路，总是没有尽头，山头上的白云，无论站在哪个角度，看不清是柔软还是坚硬。有一天，风会把我拉扯上，顺手摸摸它的质感……"什么意思，我读不懂。娥就这样闯入了我的心。她偶尔冲我一笑，说："上了大学，也许一切会变得……"

第一次见娥是在东街文化馆那条巷子，我正跟一个文友说"酸枣树"筹备的情况，娥从巷口走出来，我不经意多看了几眼，娥也看见了我，羞羞答答，低头抿嘴一笑，知书达理的样子。她妩媚的样子有一种傲气，嘴唇本质的鲜艳让人产生意念，一脸的清秀，没有任何杂质，乌黑的头发整理得光泽四射，整个穿着简朴素雅。我当时想这才是人生最美好的年龄，这么让人心动。文友似乎发现了我的心动，他说："这女子我认识，叫娥，文学青年。"

我心中记住了这个名字。从那天起算认识了她。

娥隔三岔五地来文化馆找我，她说实在没空写诗，她正上高三，没多少时间允许她有闲情雅致了，各门功课翻来覆去地复习让她有些焦头烂额。我以为她之所以找我说说话是减轻一下心理压力。她却不是。有一次很晚了她还在我办公室不走。我提示过她几次，她若无其事地说没关系。我有些担心，生怕那两个爱喝酒爱吹牛的文友来了看见我们这对孤男寡女在一起制造出绯闻。要知道，我刚转正，她又是学生，这一点应该有心理准备，毕竟自己在社会上已混了几年。

　　娥没有半点担心，她就是个单纯的学生。作为文学青年，只想着自己的名和利，或者还有虚伪的名分。我想黑天半夜和高中女生在一块儿明显是不妥的，再说对于一个将参加高考的学生，可能会造成什么影响或恶果？于是我再次对她说，复习功课要紧，考大学是决定一生的事，千万不敢马虎。

　　这句话我自己认为说得还算老到、沉稳，没想到娥用眼睛忽闪忽闪地盯了我好一阵，有些不解甚至疑惑地问我："是不是我很烦？"

　　我说不是那个意思。

　　娥接过话题说，一个人愿意和另一个人在一起倾诉，是因为感到有幸福、有温暖的，无论什么话题都有新鲜感，这两个人命中注定是志同道合的朋友，尤其是男女。我心里盘算着，这是什么逻辑？一个屁大的女子，涉世不深，讲起话来还一套一套。但是她的诗，却富有哲理。对于诗，我没研究，不过，作为文学爱好者，既然她这么说，我也不好回绝。但我还是强调："你而今唯一的目标是考上大学。"

　　"我知道。"

　　"你好像胸有成竹？"

　　"当然了。不过，我更希望自己是一名诗人。"

　　我和娥整天说着文学。与其说我们总是怀抱远大理想，不如说是幻想，更贴切点说是空想。就像窑洞挑檐下的麻雀，整天叽叽喳喳在一块儿争吵着宏远志向，但一直飞不远。娥说即使她考上了大学，也不会放弃诗歌，不会改变自我，更要和我多联系，相互鼓励。我说上了大学她就知道生活与环境会改变人的。我是什么？一个极普通的文化馆小干部，将来想给她帮助恐怕也心有余力不足。娥说人最怕没信心，太悲观。我说有时要脚着地，现实些不吃亏。这种争论或者交流显得有距离，让娥很失望。她有时停下来不说话，一个人朝窗外望，很出神，然后转过身子用那双乌黑的眼睛看着我说："人没有梦，就等于死了。"

这话很深刻，刺痛了我的心。其实从那一刻起，我已暗下决心，远方和梦，我一定加倍努力去寻找……

县城太小，几个熟悉的文友时常交流，几乎天天激情澎湃，豪情万丈。星期天本来可以睡个懒觉，但某日清早就有人来敲门，我只好穿上衣服，十分不情愿地去开门。

娥浑身湿透地站在我眼前。她说："外面这么大的雨，你竟然睡得住？"我这才发现外面满地的积水，雨特别大，打在水汪上溅起一个个水泡。对面窑洞顶上的砖瓦灰蒙蒙的有一层水雾，让人看不远。我好半天愣着，脑子还有些迷糊。下这么大的雨，我怎么一点也不知道。

"叫我进去呀，湿透了。"娥跨过门槛从我身边挤进去。

我这才转过神来，看见娥的衣服紧贴在身上，就像一条刚从水中捞出来的鱼一样光滑、鲜嫩、线条分明。她用手抹着头发，接着解开上衣的一个扣子说："还是弄湿了，快找毛巾弄一下。"

我怔怔地望着她的一举一动，心想这女子是不是有什么问题，这么早，这么大雨，她来干什么？看她从胸前掏出一沓稿纸后，我立刻明白，她又一夜没睡，写诗了。见我站着不动，娥有些生气地说："快呀，要不字都开花了！"

我赶忙从挂毛巾的铁丝上取来毛巾，有些慌乱地接过那沓稿纸后一张一张揭开用毛巾吸干，有一张不小心撕成两半，其实上面的字迹已经模糊不清了。娥站在我身后不停地说："这下完了，一晚工夫白费了。"我回过头，看到她十分心疼的样子，似乎有些哽咽并且有泪水在打转转。

我还是觉得这女子单纯，一个高中生，个性偏执，诗歌会不会毁了她的前程？我曾这么想过，现在更加担心起来。当初不该因为文学跟她走得这么近，自己的路还找不着，又拉扯进来另一个。我有些后悔。

"给我找件衣服吧。"她说。

我的目光从那一张张稿纸上移开，扭过头发现娥已经把自己的上衣脱掉拧干挂在铁丝上了。她胸前那两个如小兔子的乳房悄悄地藏在胸罩下，仿佛怕外面有偷猎者发现。我的心猛地开始跳动，有些局促地从柜子里翻出一件上衣递给她。娥似乎明白了什么，她抿了抿嘴说："不好意思，我是不是太放肆了？"

大清早，星期天，外面是大雨，文化馆的院子安静得只能听到雨声和我的心跳声。我和娥内心是不是正在发生着微妙的变化？我有些想入非非，很快有一种罪恶感从心底生出，我觉得自己太下流了，暗骂自己不靠谱，怎么会有这种想法滋生呢？

穿上我宽大的衣服后，娥笑了笑说："我做什么都有些急。"

娥肯定不是有病。她说自己在学校喜欢搞笑，有什么心事也藏不住，遇事容易激动，属于多愁善感的女子。但我感觉，她应该是个个性活泼，天不怕地不怕的阳光女孩，只是在平日根本看不出来。每次她都让人耳目一新，甚至会引人蠢蠢欲动地歪想。这些欲望就像虫子一样在我身上爬，潜进我心里。

我还是显得手足无措。看着娥，浑身上下不自在，似乎整个皮肤都紧缩了一样。娥这样隔三岔五地来找我，在文化馆其他人眼里，我们就是在谈恋爱，有不少老同志看我的眼光都怪怪的，甚至有些尖刻。他们也许怀疑我在引诱一个无知的少女，这样的环境令人惶恐不安。娥仍然一如既往，她不担心这些，准确地说她有些毫无顾忌，她和我谈诗，谈文学，包括人生。她不太相信流言蜚语会对自己有什么影响，或者压根儿就不在意别人怎样看她的言行举动。一个即将参加高考的学生，她不和别人一样按部就班地整天复习功课，满脑子考名牌大学。她说顺其自然。我没想到她有如此胸怀与气派，或许她就是为自己活着。我不能不多想，平日里一贯谨慎、胆小细致的我，性情不外露的低调处事已成了习惯。我不可能没有负担地和这个单纯的女孩有什么情感纠葛。我心里这么想着,又不好意思一下子说明白。也许我一厢情愿,娥心里什么事也没有。

她站在玻璃窗跟前,看着外面雨雾蒙蒙的院子,好像若有所思地对自己说:"人活着就像这天气。"

看着娥的背影还有窗外的雨雾,我突然觉得像一幅油画,整个画面压抑、忧郁、深沉。这个比我小几岁又没有任何社会经历的女孩,竟会如此深刻地感叹人生。我刚想张嘴问,她回过头来说:"好啦,看看我的诗吧,有没有进步?"

"哦。我的水平有限呀。"我这才看娥的诗稿,一时紧张,有些手忙脚乱。娥很淡定,走过来轻轻地一页一页把诗稿举着瞧,说:"气死人了,有些句子都泡成黑点点了。"

我凑过去看,娥的诗稿好大一部分被浸湿得认不出字的模样了。由于靠得太近,娥的几根头发轻轻地贴在我脸上,一种沁人心脾的感觉让我觉得十分美妙。娥没有发现我的表情。她跺着脚,一脸的沮丧,嘴里嘟嘟囔囔不知道念着什么。我晓得,她满怀信心来的时候,没料到会有这种情况。她有些懊恼地把诗稿看了几遍,然后回过头对我说:"我记着,背给你听。"

外面的雨似乎越下越大,窑洞里的光线十分昏暗。我拉开了灯,做好听她朗诵诗的准备。娥朝我抿嘴笑了笑,用手指了指水杯,我这才醒悟居然忘了给客人泡茶。对女人,自己显得过分拘束、木讷,甚至愚蠢。找茶叶半天找不到,我在抽屉里乱翻。娥过来用手轻轻地拍了拍我的肩说:"大哥呀,白开水就行了。"

我不知道说什么好,愣愣地站着。

"仔细听呀,一会儿要点评哩。"娥清了清嗓子,一本正经地开始她的朗读……

高考即将来临,我和娥见面越来越少。她说试一考完,就帮我把那个叫"酸枣树"的油印刊物编出来,不管考得好坏。她盘算着去远方,西藏是首选地，要不就去海边。我开玩笑说她有诗人的浪漫，她说没浪漫就没有诗。对于这个问题，我们看法一致，不过去远方有些不太现实，我们都是农村的孩子，她上大学需要一笔不小的费用，靠父母在土地里挖不出什么钱来。我晓得，她父母早早愁上这个事了，供一个大学生对于穷苦人来说谈何容易，全家省吃俭用，早早就开始做准备了，不管三七二十一，只要娃娃们考上大学便有了希望。这是一个坎，跳过去了，一切都会好起来。我没能跳过这个坎，没上大学，让父母着实忧愁了好几年。后来我还算幸运，因为发表了不少文章，县上爱惜人才的领导把我雇用到文化馆。为此我更加努力地写作。不过，我从来没为自己的这点成绩而骄傲。小县城，那一帮文学青年个个热血沸腾，都有成为著名作家的雄心壮志。我不一样，我不愿在任何公共场合抛头露面。只是大家读我的小说、散文时，知道我肯下功夫而已。对于领导们来说，我是可以茁壮成长的好苗子。娥说她就喜欢我这一点，一道从沟里走出来，有我这个榜样她觉得非常荣耀。她还特别强调，许多高中女生在私下里说我足够神秘，没读大学怎么会写小说呢？

  在到处都有文学味的环境里，文学就是青年们嘴里嚼着的口香糖。大家见面后三句话不过，相互追问的便是看的什么书写了什么文章。有个爱喝酒的文学青年正谈恋爱，要死要活的那种，每次喝酒，无论有多晚他都到我这儿倾诉。我不明白，他年龄比我稍大一点，二十六岁左右，怎么会有这样复杂的经历？他一脸的胡茬，更显老成，喝醉后就像一个落魄文人。酒喝大了，他还要喝，一小杯酒端在手里摇来晃去，洒得所剩无几，另一个文友不停地提醒他说：少五马长枪，一口喝了再说。他不恼怒，语气依旧那么平和，不紧不慢，还真有文人娓娓道来的感觉。我从他那里获得了许多关于男人与女人之间的知识。我从他片段化的信息里拼起来一个完整的故事：他同时爱上了两个女孩，一个有才，一个长得好看，这样脚踏两只船十分危险，稍不注意就会落水，这让他十分痛苦和煎熬。每次说完，他便可怜地占用了我的床，呼呼大睡，仿佛讲的人和事与他无关。我常常被他们这样折腾得彻夜难眠。每当这时,我就把他们瓶底剩下的酒倒在小杯子里,一个人独自品尝……

娥在我喝酒的时候参加了高考,几天不见,我还真有些想她了。在夜深人静的时候,我时常莫名醒来,每次醒来,便开始操心着娥是否能考上大学,是否能考上名牌大学。我甚至想,她平日一心只顾写诗,会不会耽误考试,万一考不上呢?这种担心和忧虑让我十分疲惫,有时我不断呵斥自己,娥的一切跟我有甚瓜葛?是我喝完酒凭空想象自作多情,还是真的动情了?我不确定。一个农村进城没考上大学却入公门的年轻人,自卑常常压抑着我,不去奢望那些属于幻想的事。

我除了坚持写作外,还不停地叫那些文学爱好者把稿件送过来,大家对即将诞生的"酸枣树"抱着热切的期望。我把现有的几篇散文、诗歌用老式打字机敲打在蜡纸上。由于生疏,每天只能抽空敲打几行。但不知为什么,敲打娥的诗歌时我觉得十分上劲:远远看着你/哪怕隔着时空/华灯初上/玻璃窗外只看见涌动的人群/你是那样的孤独……

娥的诗激起了我的伤感。

是在写我吗?这时候我感到十分脆弱迷茫,眼泪差点流了出来。

打字机太陈旧了,好半天才找到一个可用的字,我按一下只听见脆脆的声音,节奏很慢,铅字夹起来打在蜡纸上,预示着一本油印刊物即将诞生。酸枣树是陕北黄土高原山上特有的植物,无论酷暑严寒,它都能立在那里。春天发芽,夏天绿树如荫,秋天果实累累,酸甜可口,这时,村里的孩子们欢呼雀跃地一拥而上,摘酸枣是一件最惬意的事。有的酸枣树长在半崖上,我们也有办法摘到酸枣,用小镢头在崖上挖几个台阶,爬上去再用小镢头把子把树干一敲,其他伙伴在下边捡,红艳艳的,像闪亮的珍珠一样的酸枣被我们捡进口袋。这样的场景,怎么与文学联系在一起的,我没有仔细想。

一直以来,我们这帮文学青年都立志像酸枣树一样,虽生长在贫瘠的崖畔上,但坚毅,无论干旱雨涝,冰雪风霜,都能挺立在那里结出果实。可现在,桌上的稿纸空空如也,我不知道从何下手。其实,大家都高估了自己,激情澎湃后,冷静下来只剩一片空白。我们的学识、修养、经历、阅历等都缺乏，一棵酸枣树是永远不能变成参天大树的。这让我没了思绪，敲打稿件的时候突然觉得悲凉。几年来，我不停地写，即使在乡下的日子，我依然趴在炕上点着煤油灯，目不转睛地盯着稿纸思索着，一个情节一个画面一个人物便是如此艰难地写出来的。一页一页的稿纸翻过，是不是小说或散文自己开始怀疑。这样的生活令家人费解，在纸上写来画去有甚出息？我也想过，这样的活法有些不真实。然而自我被调到城里以后，很多人改变了看法，我和家人之间的关系又恢复如常。每逢有集，家里给我带来小米、土豆、绿豆之类的东西，母亲怕我挨饿，吃不饱饭甚事也做不好。文化馆小，只有大灶，只有等别人下班以后自己才能动手做饭。在别人眼里，我十分勤快而且日子过得快乐。时常有文友来家里，那两个喝酒的老兄更不用说，生活还算充实。然而这样的生活过久了，我开始觉得乏味无趣。我不知为什么控制不住自己，感到那些虚无缥缈的豪言壮语实在无聊，有时听着自己会阴沉着脸，一言不发，甚至没有一丝笑意或热情。我也不晓得这是为什么。其实，我也想像以前那样和他们打成一片，可是又没办法掩饰自己内心的烦躁。我努力让自己去适应，但那种无动于衷甚至对他们视而不见的态度，让他们很失望。最终，他们给我下了定论，一定是失恋了。

我根本就没有恋爱，哪会失恋呢？他们以为我和娥好上了，关系已经到了水深火热的境地。我有些窃喜，这刚好可以掩盖我真实的情绪。我对这无聊生活的厌倦他们毫无察觉，每天海阔天空的谈论，毫无新意，然后是酒，是醉话，是不着边际的设想。只有那哥们儿说起恋爱，说起两个女人各自的好处，我才明白，一个男人在女人面前是多么不堪一击，爱得越深，崩溃的概率越大。我听了后暗地里有些伤心，因此做出的动作和说出的话常常失控。我不愿提到娥，这种变化出乎我的意料，每次话题转到我和娥的时候，我竟然感到无比紧张，仿佛真的做了什么见不得人的事。总之，我不愿说这个话题，一说到娥，或者说我和娥是不是已经到某种程度了，有一个人还问我是不是睡过了，我真想上去扇他耳光。不知为什么，我觉得一阵恶心。

我有些无助，任他们胡言乱语吧，我已习惯这种落寞。我曾在夜深人静时，从古城窄窄长长的街巷走出。街两旁有些房子已经歪斜着快要倒塌，有些房顶上长了一人多高的杂草。灯影里，这些房子古怪而凝重，偶尔听到有人开大门的声响，声音很沧桑，像一个老人的喘息声。我发现，古城横七竖八的巷子，大大小小的四合院都变了形态，它们不动声色，保持沉默。院子里的主人换了又换，只是没人注意。此前我对这里一无所知，我思考这些建筑与我写作有无关系，街巷进进出出的男女老少和我有无瓜葛。对面的文屏山顶上，重新修复的文昌阁在夜间看上去顶天立地，云絮浮动在它顶上，明明暗暗成了风景。文屏山半山腰住了不少人家，窑洞里的灯光照射出来，像无数星星。我看着，心潮起伏，假如娥在身旁，我会对她说："一切都会浴火重生。"

文化馆有些不景气，办公的地方逼仄，经费严重不足，笔墨纸张十分匮乏，从老会计那儿领稿纸，简直像要他的命。我敲打"酸枣树"用蜡纸时，老会计总会强调蜡纸很贵，叫我节省点。我晓得，事前准备油印这份刊物时我曾给馆长说过，不然会计绝对不会给我蜡纸。在这种情况下，我的电话又多了，好多作者打电话问油印刊物甚时能出来，他们急切希望能看到"酸枣树"是什么模样，里面自己的一小篇文章一首小诗印出来是不是会光芒万丈。文化馆许多人不晓得我每天在鼓捣甚，有老同志说："你们年轻人真是异想天开，整天安静不下来，还想成名成家？"说完，头摇得像拨浪鼓似的。很明显，别人开始讨厌我的生活了，要不是电话，要不是来人找，馆里人有些厌烦。我曾哭丧着脸对馆长说："大家热情太高了，我只是应酬么。"

我们这个偏远的小县城，上班吃公家饭的几乎人人都熟悉，即使叫不上来名字，也晓得谁在哪个单位上班。文化馆不像其他单位，没经费活动显得死气沉沉。作为农村的后生我没进文化馆之前就像一个跑江湖的，背包里背着几本名著和自己写的散文小说，我不停地往外寄稿子，退稿信或干脆是人家事前打印好的条子在我家压了一大堆。父母担心我精神出毛病，平日里尽可能不念叨我的将来，怕刺激我的精神。在我走投无路的时候，省上的一家大型刊物邀我去改稿，幸运的是，我的中篇小说发表了，我便成了文化馆里的雇佣工。

这便是我的资本。我从省城回来拿着铅印的还散发着油墨香味的沉甸甸的杂志，挨个送给有关领导看，他们一致说好。这样我的动力更大了，有些废寝忘食，一个劲地读书，一个劲地写，陆陆续续写了几十篇小说，有的发表了，有的照旧退回来。就这样，我在这个年龄，在这么个小地方成了"名人"。

那是转正以前的事了。

县里十分贫困，半年不发工资。我靠家里拿来的土豆、小米度日，好在单位就我一个人开灶，吃饱或饥饿全是自己的事。有时下班后很晚了，我才记得自己还没吃饭，便凑合着吃，有时生火熬点稀饭，有时熬糊了，没胃口，干脆不吃了。睡不着的时候，我便一个人出去在街上溜达，不知这日子甚时到个头。春夏秋冬，一年又一年在这个角落里，远方是什么呢？

不管怎么说，我还是成了年轻人羡慕的对象。县城里到处搭建起的临时门市部，各式各样的铁皮房里全是各个系统的待业青年，他们总是怀疑我的来路，羡慕完了便是嫉妒，或者还有仇恨。他们认为一个乡下的年轻人不该有这份荣耀和待遇，城市户口的优越感让他们觉得羞愧，甚至窝囊。来往的文学青年更不用说，那两个酒鬼文友稍有不慎会说："你太幸运了，怎么会是你呢？"

这种疑问很伤我的自尊，只有娥一个劲地夸赞我，有时候她没话找话背诵我的某篇散文或小说的某个章节。我晓得，这个高中女生是为了哄我开心。偶尔看见我吃稀饭啃一个馒头时，她会十分惊讶地问："这吃法呀？我的妈，比学校还苦。"

我说习惯了。

娥开始关心我的生活了，她建议我去学校上灶。文化馆离学校不是很远，走几步最起码能填饱肚子，也能改变眼下饮食单一的状况。

我略想了一下说："学校的饭点太有时间性了，我赶不上趟。"

"要么我给你送来？"她一脸的兴奋。

我说："不要，耽误你学习。"

娥的笑容很快消失了。她转过身去，有些无奈的样子，两条胳膊无趣地前后甩着，甩着，然后举过头顶做出像要飞的姿势，说："我是真心对你好。"

我的心像被蜇了一下，很疼。

我晓得高考越来越近了，我没多想，也不敢去想。娥是个学生，她会有更好的未来。那次以后好长一段时间没有了她的消息，办公室电话机也没传来她的问候，或许她正在冲刺高考吧。我稍微平静下来，开始码字，因为这段时间外面一家编辑部在等我的稿子。但安静地写作真的好难，家里不停地捎来话说有人给我介绍对象，单位领导有些调整，老馆长即将到龄，有人争馆长这个位子，弄得单位乌烟瘴气，真是烦死人了。屋漏偏逢连阴雨，这时许多文友也打来电话，问那个油印刊物的情况。我说，其实我比谁都着急，揽下了这个活，而且是老馆长答应的事，我会尽快印出来给大家一个交代。

陕北的秋天即将来临，漫山遍野的庄稼变得十分美丽。山坡山洼上红一片黄一片绿一片，像一幅幅油画。小城里的人们如同一只只飞来飞去的麻雀，不停地觅食不停地算计。东街的石板路早晨依旧会响起念书娃娃们急促的脚步声，我总是在清晨被这声音惊醒。我想，这些青少年也许和我当年一样，怀着凌云壮志，不同的是，他们把生活看作诗和远方，而我把诗和远方当作生活。尽管文字改变了我的命运，即使只是一名合同制工人，可这是生活的一部分，也是诗的一部分。我喜欢看文学著作，喜欢幻想未来。文学像魔咒一样把我的灵魂捆住，使我动弹不得。然而，当那点灵气和激情耗完，我觉得自己整个身板软塌塌的，提起一串，放下一堆，一个文学青年的梦魇刚刚开始。我在生活中捞起了什么，文学又是什么？一概不知。我仿佛开始挣扎着，有股无形的东西在煎熬着我，炙烤着我。名誉、地位、财富，脑子很乱，我究竟要什么？

我突然发现自己心里空落落的。我没见过世面，没有令人仰慕的学历，我晓得，这是要命的短板。

困惑、迷茫。我时常失眠。夜里摊开稿纸大脑竟然一片空白。娥的身影一不小心便钻进脑子里，我的心脏咚咚咚猛跳，为什么？在这样难以忍受的孤寂中，娥像一杯浓浓的烈酒灌进我的肚子里，喉咙火烧火燎，整个胸腔似烈火滚滚。我的四肢无力地下沉，脚下有一片柔软的泥潭一个劲地往里吸着我的身躯。这是什么感觉？爱情？我否认。这样的心情我能写出小说来吗？

我觉得自己出了毛病。

文化馆的人开始说高考的事了。我迫不及待想知道娥的考试结果，想去学校打问又觉得不方便，自己与她又不沾亲带故，仅凭是一道沟出来的老乡或因为同是文学青年，感觉理由都不充分，说到底还是自己没有勇气。我想娥这些日子没来的缘故就是在做最后的冲刺，她终于明白了当下最重要的事情就是考大学。我欣喜之余又觉得心里少了什么。娥如此执着于写诗，一直计划将来成为一名诗人，会不会影响她今后的人生呢？

那天，一个叫人喜忧参半的日子，娥不声不响地来到文化馆。文化馆的人都去开会了，院子里出奇地静，上午的阳光温暖地照进院子，透过窑洞的窗户，照在我的办公桌上。我留在单位守门，一个人有些无聊地摆弄着那台半新的录音机，随着磁带的旋转，一曲如流水般的音乐溢满了整个窑洞和院子，我闭着眼睛的时候，有个人跳了进来，那便是娥。我清晰地感到娥第一次这么清晰地走进我的脑子里，心里感觉怪怪的但充满了温馨。也就在这时候，娥真的推门来到了我的眼前。

我眼睛一亮，不知为甚红了脸。

"享清福呀，作家同学。"娥依旧调皮。

"哪有，难得一个人守一片天。"我站起来，搬了把椅子叫娥坐。

"想我了吗？"娥大大咧咧地坐下来，那双会说话的眼睛闪了闪，很认真。

我有些惶恐，如临大敌一样，有些语无伦次："是……不是……我担心你考试，十年寒窗，就这么一考……"

"没劲。"娥按了一下录音机的停止键，窑洞里很空，十分安静。

我笑了笑，说："你还小孩子一个，念书娃娃呀。"

"我十八了，成人了，作家同学。"娥一本正经地说。

我给娥倒了一杯开水，递过去时说："先喝口水，考得怎样了？"

"至少不像你，我名落孙山不了。"娥感叹地说，"就是没顾得上写诗。你呢，小说写得怎样？先让我欣赏一下。"

"我服你，平时还觉得你吊儿郎当学习不上进呢。"我喜欢她这种直率。我仔细观察她，觉得她就像一颗熟透了的鲜红苹果，挂着水珠，晶莹剔透。

我说费了很大工夫，却写不下去了。她有些吃惊地问为什么，我有些沮丧地说："生活不扎实，知识又缺乏，一时半会儿补不上。"

她怔怔地看了我许久，然后有些同情地说："也许吧，但只要努力就行，你已经开了个好头。"

我说："这文学要命呢。"

娥说："是要命呢。"

我觉得这话题很沉重，心想换个话题调节一下气氛。然而，我还是找不出别的话题来。最后，我只能提议说："晚上我请客，咱们庆祝庆祝。"

"庆祝个甚？"

"你考上大学呀！"

"这算狗屁。"她竟然说出这样的粗话，看来，她对考大学一点也不上心。

见我无语，娥笑盈盈地走过来说："有些放肆了。应该为咱们的友谊，还有文学干杯，咱们一醉方休。"

"你能喝吗？"我有些担心地问。

"怎么不能？不是高兴嘛！"她大大方方地用手拍了一下我的肩膀

说,"不一定谁先醉呢!"

我和娥相视而笑。无论是为了老乡,还是为了文学,更重要的是作为朋友,我知道,自己应该表现一下了。这个比自己小的异性的朋友,总给我带来一丝温暖和慰藉。娥的到来,给我单调、枯燥的生活带来了朝气和灵感,让我的生活充满了诗意。然而,一个偏远落后的小县城,同样是一个世俗而现实的地方,我农村的父老乡亲埋头苦干,在山坡山坬上挥汗如雨,稍有空儿便挤进城市赚点血汗钱,大家都盼着儿女出人头地,给祖上长脸,唯一的希望就是儿女子孙们堂堂正正地走进公家门,吃公家饭,谋上一官半职。他们却不知这条路唯一的途径就是高考,考上大学意味着梦想就实现了一大半。我不一样,名落孙山后凭刻苦的努力,进了公家门成了一名合同工,但这身份、学历让我自卑不已。我每月几十元的工资要补贴家里,还要存一点,用父母的话说就是防前攒后。县城要有房子,要结婚,钱哪儿来?偶尔请朋友喝一顿酒,还要下决心。这种拮据的日子,常常让我捉襟见肘。为了省钱,我几乎天天熬稀饭,只吃一个馒头,有时煮点挂面,总之就是凑合着吃。不过,这次请娥吃饭是真心实意的。我有一个想法,娥走的时候应该送她一点有意义的纪念品。我渴望这种纯粹的友谊长久地保持下去。于是,我对娥说:"等录取通知书来了,走时我送你礼物作纪念。"

"好啊!友谊万岁了!"

娥十分高兴。我的决定也绝不是一时的心血来潮,也许是冥冥中某个意念指引着我和娥发生点什么故事。

晚上请喝酒少不了那俩文友,他们走进饭馆包间时有些鬼头鬼脑。饭馆里客人不少,有的早早喝红了脸,大声地争吵着,划拳声更是充斥耳旁。其实我挺反感这样的环境,可有什么办法呢,稍高档的酒店我请不起,只能在这种吆五喝六的地方凑合了。娥还没到,我的那俩文友肆无忌惮地说着男女之间的趣事秘闻,我听得有些不耐烦了,说:"你说你俩除了喝酒,便是聊女人,有点正经的没有!"

"这不是太阳从西边出来了嘛,你破天荒请喝酒,还说文友聚一下,原来是请年轻女诗人呀!"一个谈过好几次恋爱的常常自以为是的家伙说。

另一个随即附和。他们是名副其实的哼哈二将,我叫他们狗娃娃队。

"少说没用的,人家不是考上大学了,又是老乡、文友,该请不?"我接着喊了一声服务员。

县城小,文友也没几个。这两个家伙平时见不得也离不得,好几次他们在文化馆见过娥找我,他们半开玩笑半认真地说这样的文学女青年找我让他们有些吃醋。有次他俩酒喝高了,到文化馆看见娥便大谈他们的恋爱史,而且赤裸裸说着和几个女人上过床。娥一点面子也没给他们,劈头盖脸地把他们臭骂一顿,俩家伙这才服软了,酒也醒了,忙赔不是。当时看他们那狼狈不堪的样子,娥还笑了。

他们不敢惹娥了。可在我跟前,趁娥还没来的时候,俩人一唱一和不停地说我用心良苦,能不能收到预期效果还未知。

服务员倒上茶水,我要了瓶本地的酒,便宜实惠,点了两个凉菜,剩下的就等娥点了。

只一会儿,娥来了,她脸上红彤彤的,还有些气喘,说:"不好意思,来迟了。"

那哥儿俩开始争先恐后地说:"这就是诗人气质,重要场合一定是姗姗来迟的。"

"你俩呀,今年的娃娃没养下,又开始说怀明年的了。"娥直截了当,有些嘲弄道。她知道,这俩哥们儿只是嘴上说着文学的事,很少能写出来。

我接上说:"就是一对飘斜斜圪蹴下,一个高一个低。"

大家笑,都让娥点菜。

这样的生活很少。娥为了给我省钱,点了几盘素菜,我说:"有些素了吧?"她不以为然,十分老练地拧开酒瓶盖说:"喝酒人,一盘花生豆就抗战到底了。"

大家又笑。

这气氛其乐融融,暖暖的,充满了诗意。酒过三巡后,哥们儿提议我和娥单独碰两杯,说是好事成双。我看着娥,担心她不会喝这么烈性的酒,同时心里也有些胆怯。娥没说话,十分慎重地端起酒杯,她看着我,含情脉脉的那种,我有些心乱,慌忙躲避开这眼神。这柔情似水的眼神会将我击垮、打败。我故作镇定,站起来赶紧一口将酒灌进喉咙,身体开始燃烧了,好似有一股滚烫的暖流,从食管里往下乱闯乱窜,然后在胃里停留下来开始翻滚。俩哥们儿说这个不算,没有碰杯。我暗骂这俩货,有些乞求地看着娥。她说:"不算。"语气很坚决。

我只好把空了的酒杯递过去。娥脸上泛起一丝笑容,比来时更加明艳灿烂。我有些吃惊,一个高中生,喝起白酒来竟如此神情镇定,有我自岿然不动之气概。

娥给我重新倒好酒后,庄重地用手端着酒杯说:"感谢了,一切都在酒中。"

我不知道说甚,一切都在酒中,碰了杯,娥一口喝下去,样子很豪爽,也很酷。我知道酒辛辣,喝得太猛了会头晕、会说醉话,有时会不省人事。而娥,仿佛一切都在她掌控之中。

在这样的推杯换盏中,我觉得自己的脑袋变大,身体轻飘飘地要飞起来。

这天晚上喝得很晚,小县城的路灯十分昏暗,我和娥从饭馆走出来时已喝得不成样子了。我们东倒西歪,走起来都有些飘斜斜了。那俩家伙不知甚时候已经走了,早不见了人影。在这空旷且有些冷清的夜里,县城的街道上没一个行人,也没有车,冷不丁地从拐巷黑暗处窜出一条狗来,娥吓得惊慌失措拽住我的脖子,我十分自然地搂着她的腰。她喘着气,还有些惊魂未定地对我说:"狗是人养的,为甚还吓人呢?"

"它只认主家。"我说。

"主要是它的品性。"娥说。

"哈哈,主要是人的弱点太多了,不强大。"我好像有感而发,文思泉涌。

是的,人在受了惊吓之后,只能在声势上给自己壮胆。我们遇到一个自己害怕的东西后,只能恐吓它。比如蛇、狗,让它如临大敌。然而,面对突如其来的威胁,我同样是无比恐惧。

"你喜欢我吗?"娥好像恢复了平静。她的声音非常大,在我耳边隆隆作响。

"你说呢?"

"喜欢。"

"是真的喜欢!"

"爱吗?"

"爱!"

"娶我吗?"

"娶!"

此刻的小城是我俩的,整个县城上空回荡着我们的声音,久久不散。这情景后来时常出现在我的梦境中,不光是因为娥与我毫无顾忌地喊出自己的心声,也不仅仅是因为文学。我们如此痴迷于梦想,说不上什么原因,它总是在夜深人静的时候悄悄走进我的大脑,我无数次在惊喜和恐惧中醒来。以往并未感到有多少美好的日子,此刻我竟觉得十分留恋,越来越觉得温馨,宁愿时间就停留在这一刻……

我常有一种错觉,这是自己的故事吗?或者说,我和娥有过爱情吗?

娥考的大学不理想,她本来不打算去上那所学校,可她的父母哭着说家里供一个大学生容易吗?娥只有妥协。她晓得念书的钱,都是父母省吃俭用节省下来的。再说了,农村的一个女娃娃,上大学已经是老天照顾了,学校好坏不说,毕业了,能有一份工作,进了公家门,找一个好人家,这辈子不就幸福美满了吗?

我赞成娥父母的想法,并给娥打气说去上大学将来总会有成就的,别纠结学历高不高大学好不好的问题,我想用我的经历使她得到某种启示。这让娥觉得不屑一顾甚至很厌烦,她直截了当地问我:"你不会是因为没考出去而自卑吧?"

这话戳到了我的痛处,我无话可说了。娥大概看出了我的难堪,有些自责地说自己不是故意的。

那一夜,我们在文化馆的窑洞里借着酒劲说了许多该说的和不该说的话,下半夜时我们口干舌燥了,我用平日烧水的电热杯熬了点小米汤,娥表示赞赏,只是说那电热杯有些小,我说第一杯让她喝,我再熬一杯。在这段时间里,娥又回忆起我们刚喝完酒的情形,她趴在床上,两只胳膊支撑着脑袋,眼睛眯眯地盯着我说:"酒呀,真是个好东西。"

我说:"好甚哩?失控,差点乱性。"

"这才真实。"

"有时丢人。"

"那我俩把人丢大了。"她换了个姿势说,"你真的看上我了?"

我已清醒了,不觉紧张起来,说:"酒劲么,小女生一个。"

"都十八了。"娥有些恼怒地说,"原来是醉话呀?"

"不是。你才开始上大学是不?"我有些吞吐了。

我在那个破旧的沙发上坐着,目光有些飘忽不定,不敢正视娥的表情。我开始还想酒喝多了,我们是不是相拥而睡?娥是怎么想的我不知道。然而我的兴奋点消失后,觉得现实不是诗。我们的话题把我从幻想中拉出来又推回去,我们之间距离很近但又觉得遥远。外面好像刮起了风,已是秋天了,刮风下雨很正常。我突然想着一男一女在这夜深人静的时候,席卷而来的应该是热浪般的温情,而不仅仅是无关痛痒的话题。

我觉得自己很卑鄙,有一种罪恶感。

"想甚?"

"没。"

"我看出来了。"娥的眼睛明亮了,充满了渴望和欣慰,那眼神似乎要燃烧一样。

"真的。"我躲闪开来,还是不敢正视她的眼睛。

"真想就来抱我。"她很认真地说。

"不……不能。"我知道自己很虚伪。

"你不想?"她眼光暗了下来。

我闻到了一股焦煳味,这才发现电热杯里的小米汤快熬干了,我哭丧着脸关掉电源说:"人不能走心,汤喝不成了。"

娥掀开被子站起来,仿佛没听到我的话。我又强调把电热杯洗一遍重新熬。她说:"别折腾了,我喝凉水。你回答我,愿不愿意?"

我不知如何回答,心里说愿意,口上却说不出来。有一根绳索紧紧扯着大脑中的某根神经。人一定要在关键时刻把握好自己,性欲、贪欲都会毁掉自己也会毁掉别人。她没再问我,我也不好说,更不想当面承认,就算想我能做出来吗?她是个学生,还得往前走,我们仅仅是好朋友,宁愿这样好下去,这样的煎熬折磨着我,我努力让自己冷静下来。

这样的夜晚过得很快。记得娥说班里有个男同学偷偷给她写过一封信,信里用完了所有赞美的词。她说那同学学习肯用功,就是太女孩子气,她不喜欢那种男生,也就没理会。每当与那个男生碰面后,娥总是笑了又笑地对我说:"真逗,他竟然低着头,像做了一件不光彩的事,掉头就走了。"

我对娥说:"你太强大了。"

"不是吧,到你这儿甚也不是。"

临天亮的时候,我说着说着有些困了,我没有上床去。因为喝完酒又说了一整夜的话,我有些迷迷糊糊地在破旧的沙发上睡着了。娥最后说了什么,我不记得了。她睡没睡我也不知道。当听到外面有人走动说话的声音时,我猛地醒来,天已经亮了,娥也不见了。我赶忙收拾了一下窑洞,生怕单位领导或同事看见这一片狼藉说闲话。起初我以为娥出去方便了,但直到我把窑洞收拾好还不见她回来。窑洞里酒气和焦煳味还没散尽,我开了门让新鲜的空气进来。站在门口左看右看,我总觉得文化馆院子里来回走动的人都用异样的眼光看着我。就这样傻站了好半天，我望来望去没有娥的身影。她会去哪儿呢？难道是因为我没胆量和勇气承认喜欢她而生气了？娥的不辞而别成了我的心结。我还在不停地想着别的原因，我不愿意想娥是另一种女孩，但人心隔肚皮，我了解她吗？出于某种考虑，更确切地说是为了自己，我没出去寻找她。高考结束了，娥不住学校，城里又没有亲戚，我猜她一定会来找我。或许她早走一步也是为了我好，她已十分了解我了。

我发现自己犯了一个天大的错误，而且，这错误已经无法弥补了。我开始觉得自己有罪，而且罪不可赦。

文化馆决定派我下乡去收集整理民间故事，领导说整天在单位里是闭门造车，要到农村去接地气，收集整理民间故事的同时，对我的文学创作也有好处。

我觉得也是。

于是，我骑着一辆破旧的自行车，在乡间的路上奔驰。有时像一头盲目推磨的毛驴，一圈一圈又笨又蠢地到处走。每逢遇集天，乡里的几个作者从包里掏出几页皱巴巴的稿纸，上面写了几首自以为是的诗词歌赋之类的东西，他们都希望能在油印刊《酸枣树》上露一下脸。更要命的是父母给我送来小米之类的副食产品后，拐弯抹角地说前沟张家的小子结婚了，李家的女子出嫁了。他们说这话的时候都不看我，而是看着窗外，好像正和窗外的某个神灵在交流。我有些不堪重负，虽然心里明白他们的意思。他们觉得我老大不小了，该尽早把婚事定下来，省得别人说三道四，让他们脸上无光。最后丢下一句话，让我备受煎熬。他们说："吃公家饭了，可还是农村人么，根在村里，别这山看见那山高，咱服不住。"

我脑子开始糊涂了，我有了名誉有了工作与别人相干吗？然而，在庄里、县城里，一个人的名声好坏至关重要，可我什么也做不好，什么都不尽人意，长这么大，还让父母操心，到底是哪里出了问题？有些事确确实实跟自己八竿子打不着，却突然蜂拥而至。许多好心人给我介绍对象，我还装模作样地应承着并和那些女子见面。我是虚伪吗？现在，我天天下乡，沉浸在民间故事的神奇环境里，村子里会讲故事的老汉们，悠闲自在地坐在自家土炕上或硷畔的大石头上，要不就在碾盘上或石床上，村子里任何一个地方他们都可以坐下来，抽着旱烟，不紧不慢地讲他们爷爷的爷爷传下来的故事。我生怕记不住，不时地打断他们的话，重复核实，这样尽职尽责，为了别人能看得起我。要不然，一个土生土长的乡里后生凭什么挤进城里吃公家饭呢？

文化馆馆长有一天把我叫进办公室，他有些质疑地问："你到底要找甚样子的女子呢？以前来那个不是挺好的吗？人家姑娘长得俊，对你又上心，哪点配不上你？你说说，找家底好一点的，又有工作的女子多好，主要你自己的条件差呀。"

我好像无路可退，没有勇气解释她还是个学生，自己又不会编造谎言，只说我俩不太合适。没想到馆长沉下脸来，十分严肃地说："这事你要掌握好，年轻人的品德最重要，千万不要骄傲，自以为了不起。听馆里人说你们都在一块儿了呀，人家女娃娃容易吗？父母含辛茹苦省吃俭用把她供成大学生，你不要欺负人家！"看似语重心长，但我觉得馆长这话像往我心口上捅刀子。他们虽然是关心我，但却让我骑虎难下，似乎我的人品值得怀疑。

先前娥只是让我的青春泛起一丝涟漪，直至后来让我悔恨且觉得那是青春荡漾的巨浪，我的许多情感在那该死的虚伪中成了遗憾。为什么这样呢？我诅咒自己。

我给娥准备好的笔记本、钢笔，还有一条红色的围巾在我的柜子里沉寂了。娥没有打任何招呼便去省城念大学了。我期盼有一天会来一个电话、一封情书。陕北的秋天很快过去了，冬季来临时风在呼啸，满天的落叶在空中飞舞，掠过一座座山头和一道道沟。地面上枯死了的野草，如浪涛般卷来卷去，冬天的风景很少了，显然少了生机活力。我每天去收发室打探，没有信，那部唯一通往外面的电话也加了个木盒上了锁……

我开始失眠，整夜整夜睡不着。我看不进去书，书里的字在跳，一会儿又变成娥的影子，她在笑，一笑起来就止不住。我担心她会笑憨，神经错乱。然而这一切，只是在稍纵即逝的梦里才有……

那个寒假，娥没有来。我真想回老家的时候顺路去她家打问一下情况，但经过再三思索后，又觉不妥。一个后生冒冒失失去人家家里打问女儿是不合适的。但是，对于我来说，一个鲜活的人就这么杳无音讯有些残酷。我猜想，是不是娥故意报复我，或者她在新的生活环境里彻底把我给遗忘了。

一个遇集天，我从吵闹的东街小巷好不容易挤回来。文化馆大门口站着一对中年夫妇，他们一见我进文化馆大门，就上前问我上班了吗。

我正在思谋着中午饭如何打发，他们的问话让我不得不抬起头打量一下。中年夫妇很面熟，似乎在哪儿见过。我盘算着是不是一对文学爱好者，会不会也给我拿出来一沓写满密密麻麻文字的稿子。见我犹豫，他们十分真诚地自我介绍："我们是小沟的，来打问点事。"

我心里咯噔一下，小沟是我们邻村。刚想张嘴问甚事，女的开口说："柳树村的常干部在你们这儿吗？"

"我就是，进去说吧。"我有些不自在了，不知他们找我甚事。

"不进去了，你就是呀？"他们几乎是异口同声地说，然后上下打量我一番，满脸的阴郁终于有一点舒展。那女人从口袋里掏出一个皱巴巴的信封递过来说："娥是我们女儿，她念书走了就来这一封信。小老乡，听说你对我们娥好，她为甚寒假也不回来？再说，快过年了，我们挺想她的，一个女娃娃，外面多可怕。"

内心的狂风暴雨、电闪雷鸣几乎将我击倒。这突如其来的信息，让我惊喜了一下，但瞬间这惊喜又消失得无影无踪了。我一时无言以对。娥父母期盼的表情，无形中又给我增加了心理负担。我想解释说我们仅仅是因为爱好文学而认识，但已经好久没联系了，事情不是外人想象中的那样，但我说不出口。我拿着那封信觉得沉甸甸的。稍微缓过神来，我像做保证似的说："联系上她我一定转告她，你们尽管放心吧。"

"你们有联系吗？"

"没，我会联系她的。"我有些没底气地说。

"这娃娃……咋回事？"

我谦让着让娥的父母进去坐坐，他们说甚也不进去。看着这一对夫妇走远，我心里很不是滋味。不管什么原因，娥的这种举动严重地伤害了她的父母。我本可以不理会这些，但心想，不管我是老乡也好，朋友也罢，总得想办法帮助他们。他们的那种焦虑、担忧都挂在脸上，那神情刺痛了我。然而，我多希望晓得娥的消息。她那样聪明，考上大学应该晓得做人的规矩，那么利索的女孩，怎么会变了呢？

我明白娥父母用心良苦，他们找我实在是迫不得已，而事实是我真的无能为力，这样的承诺叫我苦闷，自己也觉得怪怪的。我努力要改变这种状况，可每天看书时我的脑子里全是娥的影子，她的一举一动、一颦一笑老在我眼前晃动。有一次喝多了，我无缘无故地泪流满面，吓得我那两位酒友不知所措，他们也不敢劝，只能让我尽情地流泪。

我只好四处打问娥的一点一滴的消息，然而省城那么远，大学那么大，要打听一个人的消息还真难。有一阵子我想请几天假，专门去西安找她，看看究竟发生了什么，但又立刻否定了自己的决定。娥这么长时间不给我写信，说明她早已把我抛到九霄云外了。本来我就卑微，活得煎熬，在城市里的生活已过得有些屈辱，如果冒冒失失地去寻她，收不到预期效果，反而更加伤害我那点可怜的"自尊心"。

我就这样地挣扎着，若真让我把娥想象得有多坏是万万不可能的。她为什么要对父母如此刻薄，甚至是残忍，连封信都不写呢？哪怕问一句好或报个平安也行啊。

但我还是往好里想，她在大学一定是出类拔萃的，不写信一定有她的苦衷。她站在舞台上就得按照戏文里编排的一样，不能有丝毫的差错。这个社会到处充满了骚动，人们追求生活的目标正从传统的观念中脱离，人人都在寻找属于自己的那条轨道，全速前进，哪怕前面是万丈深渊。

　　文友们不断地打问《酸枣树》甚时候能油印出来，我不厌其烦地回答稿件不够，还要抽空打字。再说，上谁的散文、诗歌不是我一个人说了算。平心而论，大家来的稿件质量太一般了，但大家期待值都很高，热情也高，恨不得油印刊物出来就可以宣扬自己是名作家了。

　　每天剩余的时光，我都在文化馆院子里承受着寂静与孤独。文友们逐渐来得少了，就连那两个酒友也减少了来的次数。我想，文学到底是什么？我们这范围内无人知晓。我曾试探着问单位会计能不能订两份文学杂志，不料那老头眼睛一眨不眨地看着我，没说话，表情里流露出来的全是冷漠，从此我不理单位任何人了。馆里并不是所有人都刻意疏远我，有位搞舞蹈的女孩对我很亲近，她每天笑嘻嘻地问长问短，一个劲地赞扬我，并说在她的舞蹈培训班里有个长得俊的女孩子，她想介绍给我。那一阵子，我从她那里感到了人间的温暖，这似乎弥补了我的空虚失落。有次下午，我懒得做饭，肚子里好像也不需要食物，我一个人从东街石板街出发，穿过高低不一的店铺。有些店铺很老了，十分陈旧，门扇上油漆剥落，裸露出白色的木质，而白色的木质上面多了污渍，看起来十分脆弱；有的店铺前堆了些乱七八糟的东西，黑炭、树枝、纸箱，反正所有废旧的东西全扔在一起。我发现，这条街道确实老了，没有人理会它，至于它今生今世的价值，更是无人问津了。大家都希望向外发展，旧城这边有的人在无定河边的川地里盖起两上两下的独院，人们津津乐道羡慕不已。我根本不想这些，连听都不想听，耳朵里碰到这种声音就感到刺痛。除了没钱外，地位、资格、人际关系我也什么都没有，这是一个简单的道理。我被雇用的时候只一心想成为吃公家饭的人，现在看来面临的各种问题太多了。走出东街口，我一直朝无定河畔走去，河对面的山顶上，西边的落日反射出来半红半黑的云絮，像幅水墨画，几棵树孤零零地站在半山腰上，下边便是一排又一排的窑洞。我漫无目的地走着，到了无定河畔，穿过一片白杨树林，看着滚滚的河水，突然有些心潮起伏。生活就是这样，没什么绝对的苦楚和快乐，我便开始回想那年夏天和娥在这片树林里谈文学谈未来的场景。娥还特意拣来些石头,垒起了一个像城堡那样的建筑。她说,将来有了钱,在远方修这样的房子,离开城市,离开喧闹,两个人养着狗、猫、鸡、兔,开垦一块菜园,每天炊烟升起,鸡鸣狗吠,静静写作。娥说的时候,直视着前面汹涌的河水,随后又转身四处看了看说,还是人太多了,本来这是个谈情说爱的好地方……

我开始寻找娥垒的那个城堡,转了好几圈,好像记忆出了差错,树林里我只碰到许多半生半熟的男女,他们一个个朝我笑,我分不清是热情还是出于礼貌。有一句话说,人啊人,太难读懂的就是人了。不是吗?我并不完全了解娥,是的,我只了解她的身份,了解她积极好学,还有任性。她的喜怒哀乐常常叫我捉摸不透,她所说的话是真是假,就像诗一样,朦胧、深奥、空灵,她的内心世界是什么样子,我一无所知。

有一天酒鬼朋友拿来一本杂志,他醉醺醺地说这刊物上有娥发表的诗,我有些怀疑,打开来看,也觉得像:故作不疼不痒/情分也许早落尘埃/今生我牵着/真想为你留下来……或藏在心底/多想在你身边/错过了时间/满天的星星/像花火一瞬间熄灭/无人能照亮世界。作者是"一只漂娥"。我读着,眼睛有些湿润了,泪水在眼睛里打着转转,漂娥是娥吗?也许是,她把自己比作漂泊的蛾,一只寻找远方的蛾,在浩瀚的天空飞翔。我被感动了,这诗,好像给我写的一样。

这样的写作没有那种刻骨铭心的决绝,但有许多的无奈,她用这轻描淡写的语气,仿佛在说一件无关紧要的事。作者十分平静,她知道这样的分量,似与我有关或无关,这在我心中掀起滔天巨浪。从那些字句语气来看,像娥的声音。她的孤独比我更大,想起来,我有些心惊肉跳。

我身上又背了另一份沉重的担子,以至于后来的夜晚我常常出现一种幻觉,娥常常一言不发地站在远处,整个人血淋淋的,十分恐怖。对娥的这种牵挂与担心自发地从我心底生起,说不上什么原因,她总是夜深人静的时候偷偷出现在我梦里，给我带来无限恐惧后还抽空了我的心思。这样的状态下我不由得开始一个人喝酒，有时万分激动，烧酒把胃填充得波涛汹涌，有时泪流满面。每一个梦每一次喝酒都不一样，变化着，折磨着我，娥始终没有音讯。在我寻找不到任何写作的头绪时，娥像一个阴魂不散的女鬼，纠缠着我要下地狱。我暗暗斥责自己多情，怎么把一个小女孩的所作所为当真呢？可是，转念一想，娥应该找到她以为自由的生活了。社会一天一个变化，坏消息一个接一个传来，我和她的父母一样，望眼欲穿。我想，如果我当初痛快地答应娥该多好，那样我就能和娥通信继续谈着文学和人生，我的生活不至于这样凌乱孤单。想着想着，我还是决定去一趟省城。

春天里，我带着近半年时间才写完的一个中篇小说走进了省城。在这之前，我曾去开过两次文学创作会，所以对省城还算不陌生。从颠簸的长途汽车上下来，我的双腿几乎是僵硬的。当我挤上去省作协的公共汽车时，突然觉得在这举目无亲的地方不仅孤单，而且累，体力上累，心里更累，甚至有些恓惶。

找到省作协那家大型刊物的编辑部，一位中年人接待了我。他一脸慈祥，不像平日里在基层大家说的那样，大刊物的编辑一个个傲气十足，对业余作者不屑一顾。我小心翼翼地从挎包里掏出小说稿递过去，然后忐忑不安地尽量让语气柔和地说："老师，我是从陕北来的，是文化馆的作者。"

中年编辑一边给我倒水，一边赞不绝口地说："陕北地方好，出人才，尽管苦，但有好处，磨炼人的意志。"

我站起来手忙脚乱地接过水杯，一时不知说什么话。中年编辑问一句我答一句，他说自己姓张，做编辑二十多年了，看小说也看诗歌。

"张老师，给您添麻烦了。"我十分谦恭地站起来。

"坐坐，我们就这工作，吃这碗饭的，你们基层作者不容易，条件差，挤出时间写东西还真要热爱文学，更重要的是毅力和坚持。"张编辑十分认真地说，还一口气说了许多陕北作家的作品，并且说他喜欢陕北这块土地，苍凉、浑厚，人又那么纯朴、真诚、讲义气。

我内心一阵阵激动。

张编辑简单地翻了我的小说稿后，他说自己把对本省文学青年的关注当作重点工作来做，看了我的简介后大加赞扬说："你不一样，已发表了许多作品，并且是在大刊上发表的。我知道你，有生活底蕴，基础不错。这样吧，小说稿放下，我尽快看完给你意见建议，你看如何？"

我有些受宠若惊地再次站起来表示谢意，同时有些忐忑。自己好久没写出东西了，这篇小说是好是坏自己也没谱，生怕编辑看了说四六不成材，笑话。

接下来，我们谈了一些无关紧要的话，我诚心诚意地发出邀请让张编辑有空来陕北看看，张编辑一口答应。最后，我突然想起娥，那组发表在刊物上的诗，究竟和娥有没有关联呢？

"张老师，前期咱刊物上有一组诗，作者叫一只漂娥，您知道她是哪个地方的吗？"我鼓起勇气问。

"知道，好像是哪个大学的。对，来过编辑部，也是陕北人。"张编辑肯定地说。

我的内心有些激动。

"是哪个大学的？"我有些急。

"你们认识？"

"哦，好像……认识。"

张编辑看了看我，似乎弄不明白，既然认识怎么又问是哪个大学的呢？

张编辑走到门口喊了编辑部的一位年轻女子说："查一下，上期那个一只漂娥在哪个大学，详细点。"那女子应承着转身出去。我此刻有些感动，一时语塞，稍一会儿，女子走进来拿了个纸条递给张编辑说："在这个大学。"

张编辑把纸条递给我说："看对不对，你找的是不是她？"

我忙接过来说："谢谢，谢谢，麻烦张老师了。"

从省作协大院出来,我长长地舒了口气。站在省作协大门口,我望着大门口挂的牌子,心里的潮水满满地涌到喉咙口,是兴奋也是激动,这里面有许多我仰慕已久的名家,还有影响着成千上万文学青年的刊物。从前,我只发表过几个短篇,假如这个中篇能发表,那将奠定我未来发展的方向。我祈祷着,想着张编辑的态度和夸赞,那种亲切让我感到无比舒坦。

我在一家小旅店登记了十分简易的房子,看了一下时间还早,我出去在旅店旁的小巷子里吃了一碗油泼辣子面。这城市,有文学,有我的思念,想着即将见到娥,我的心都快要蹦出来了。

我打问着来到娥就读的那个大学,就像县城赶集的一样,偌大的校园人来人往,叫我感到一丝不适。原来大学的校园比县城还要大,教学楼,林荫道,小桥流水,简直是另一个世界。我羡慕这些夹着书本的小弟小妹,大学就是另一个天堂。匆匆忙忙,我找人心切,也顾不上身边的风景,边走边打问,娥是哪个系哪个班纸条上写得很清楚,可我还是不停地从衣袋里掏出来看,生怕问错了,最后我干脆捏在手里,直到站在学生公寓门前。

我像傻瓜一样站在楼门口问进出的女生:"娥在宿舍吗?"

"不知道。"好几拨这么回答。

我准备进去,一个戴着红袖章的老太太不知从哪个地方钻出来大声呵斥我:"干吗?找谁?怎么进来的?"

我有些恐慌不安地对老太太说:"找人。她叫娥,八五级二班的。"

老太太上下打量我一阵,就像审视一个小偷,眼睛眨了又眨,生怕放过我这个坏人似的。完了,她郑重地说:"知道不,男生不能进女生宿舍。还有,那个叫娥的女生刚被一个男孩领出去了。"

我的心像被针扎了一下,那种滋味简直无法言语。我来找娥也许是一时的心血来潮,大概冥冥之中某种旨意让我如此地寻找结果,而这个结果却是我根本没有想到的。在心里没有一点准备的情况下,我起初仅存的自信猛地被击垮了。

娥有男朋友了？我疑惑地看着老太太。稍镇定了一会儿，我勉强笑着点点头，不想再问什么了。

我转过身来，在那个不属于我而属于娥的大学校园漫无目的地走着。夜幕已降临了，大城市到处张灯结彩，马路上的公交车、小轿车、摩托车、自行车交错在一起。我分不清方向，不知怎样才能回到小旅店。我这才明白，这个城市不属于我，文学也不属于我，可怕的思念也不属于我了。

我不想再寻找娥了，尽管还有好多理由。然而，我觉得自己没那个必要，我是她什么人？她是我什么人？人有时连自己也改变不了，更何况改变别人。是的，我明白，不管你们有多亲近，哪怕曾经朝夕相处无话不谈，但社会在变，生活在变，环境在变，有时变得连自己的行为举止都理解不了，在某段时间里，自己也不晓得自己是谁。

回到县里，我给娥写了一封信，无论她收到信给我回不回，我十分真诚地敬佩她坚持自己的理想，还在不停地写诗。还有，我说她应该给父母写信问好，他们整天为她担心操心，作为女儿，如此的无情无义世人怎么看？更何况，父母当初省吃俭用供她上学不容易呀！

信发出去后，我如释重负，心中的那个娥真的飞走了。尽管心被掏空了，但我感到以往过分留恋的那些日子，除了温馨，更多的是我的自作多情。娥在成长，我也在成长，任何事过去就过去了，不可能回头了。

我拼命地读书。孤单的时候，找那两个酒鬼朋友畅饮一顿，营造着虚弱过后的快乐气氛。我们说，世界上没有一个人的生活会离不开另一个人，文学是什么？爱情又是什么？我不停地问自己又否定自己。

那个暑假，我终于收到娥的回信，而且还有娥刚刚出版的诗集，我一阵惊讶之后又一阵兴奋。娥回信说大学功课很多，她在外面找了一份代教的兼职，所以没有及时回信。她说自己这样也是孝敬父母，不让他们有任何的经济压力，并不是无情无义。她还说，以前把一切事情想得太简单了，生活不是以前想象的那样，人生也不是。她大学毕业，能在省城里找到一个地方栖息，她的诗和远方才能实现。娥还说，她一个农村出来的女孩，就这么置身于喧闹中有着从来没想到过的孤单，有些忙乱但过得挺好，星期天坐上公共汽车奔波于学校和代教的家庭之间，看着城市五光十色的灯和风格各异的楼，心里有过惶恐，因为这个城市的生活不属于自己，刚开始有千万种理由要落泪，或要给家里包括给我写信倾诉，但她把泪水逼回去了……

娥没说自己有了男朋友。

娥的诗集名字十分怪，叫《遇见你，心里早就被雨淋湿》。我不懂。

其实，我期盼的，也就这么多，心有些酸涩疼痛。但我知道，是文学让我们相遇，谁也不强求过谁给谁什么，更不用说一生。

就是这个冬天，陕北下了一场大雪，村里人说来年有好收成。文友们期盼的《酸枣树》没有印刷，单位没有办公经费，馆长退休，会计说印刷太费纸墨了。同时，我那个费了心血的中篇发表了，而且是好评如潮。

来年吧，或者来世吧，如果可以，我会像喜欢文学一样珍惜爱情。我晓得，酸枣树十分刚烈，在任何条件下，它都能生长、开花、结果……

名声总在天地间

政府院里一下子来了这么多上访的人，刚从市上调任古城县县长的秦怀德有些丈二和尚摸不着头脑了。

办公室主任简单地给他汇报了些上访的情况后，秦怀德出乎意料地决定自己下楼去接见这些上访者。

办公室主任有些吃惊，按常规说话，领导们十分讨厌或者惧怕直接与上访者见面，更何况这是一起集体上访事件。整整一个村子，几百号人，男男女女老老少少，七嘴八舌的又没人出面主事，反映的问题一下子理不清。信访局、陈家镇、公检法都派人来做沟通工作，群众不认账，直喊要见县长，政府院子显得混乱不堪，不少部门的人从办公楼窗户里探出头，看这阵势都不知出了甚事。对于这样的场面，秦怀德当然也是第一次碰到。在当县长之前，他在市委机关从干事到副处长一干就是二十年，青春都耗在为市上领导鞍前马后、熬夜写材料上了。从市里下基层当县长，算是提拔，只不过他虽然当了县长但对基层确实不熟悉，别人发现他当县长两个多月了，除了开会，好像政府工作没一点动静。秦怀德也觉得副职们除了汇报分管工作外，也没人就本县发展给他提过思路建议，各部门大小领导一个个拿着报告要钱，都哭诉着日子不好过，这样一来，他根本没时间静下来想问题。本来打算在基层走走，调研熟悉一下情况，可每到一处，都是陈年旧账和说不清道不明的烂事。因为古城县是国家贫困县，财政收入实在可怜，手里拿不出钱，要解决这么多问题就显得捉襟见肘。另外他还清楚，每一任领导来了之后，不光是老百姓观望，干部也同样观望，看你本事大小，工作铺排得合不合理，强度上不上得去，等等。这既是期待，也是考验。没来之前，他做了充足的功课。然而，他下乡跑也好，走单位调研也罢，问了些什么说了些什么，目的又是什么，都让大家感到疑惑。同秦怀德事前做功课一样，古城县的干部群众听说秦怀德来当县长时，不少人就开始研究他，每个人的目的不同，有的细到他的娘婆驰家，祖宗三辈都弄得一清二楚。于是，在某一些圈里甚至更广泛些，秦县长一上任大家似乎都对他了如指掌。特别是在政界混了多少年的老油条，他们接触过一任又一任的县长，无论哪个县长的工作，他们都会配合得天衣无缝。基层干部中有不少这样的"万金油"。县长也是人，何况都是这样走过来的。有些事，心知肚明，无论你当初有多大抱负，但在一个地方工作几年，要留下好口碑还真的要费九牛二虎的力气才行。

　　在办公室主任眼里，新来的县长是初生牛犊不怕虎，更准确地说是不老到、没经验。机关里下来的人不是天真就是感情用事，平日来一两个上访的要是别人就躲魔鬼似的一概不见，何况今天来了这么多的人。县长一出面，就像象棋里卒过河一样直接与老将见面，顶死了，没有任何回旋的余地。正犯嘀咕，秦怀德好像已准备就绪，有些迫不及待地走出办公室站在楼道里。办公室主任有些慌了，他小心翼翼地走过去问："县长，这么多人，要不要叫几个代表？"

　　听到这话，秦怀德看了一眼办公室主任，意思很明白，但他自己心里有准备，不就是群体上访吗？在市里，他偶尔也见过各县来的老百姓扯着横幅，堵在市委门口喊冤，有关部门的职员一边安抚，一边打电话叫各县谁家的人谁家负责领回去处理，不然要问责，有时也打上书记市长的幌子，告诉县里说书记市长十分恼火，发脾气了，也明确批示，上访的问题属地方管理，安抚不好老百姓，解决不了问题，县里的书记县长小则写检查，重则处分或就地免职。这话下来，各县立刻派人去市里领人，只要把人劝说回来，别把事情闹大了，回到县里逐步解决。眼下，群众是冲着县政府来的，也就是冲着他一县之长秦怀德来的，他躲着不见，恐怕影响更恶劣，全县干部群众肯定说自己无能。在决定见上访群众之前，他也想过，万一谈不妥，群众一窝上，乱哄哄的控制不了局面，自己岂不是更狼狈、更失面子丢人？但这种想法立刻被他否定了。人民的县长怕见人民，不敢面对群众，只想自个儿尊严脸面，以后遇到更多更复杂的问题怎么办？秦怀德再也没细想，他觉得人心都是肉长的，群众有诉求一定也有理由，他一县之长，堂堂正正见一下群众听听他们的诉求，证明他心里亮堂，没摆县长的架子，即使受点委屈或羞辱，也算不了什么，只要能解决问题，把群众情绪理顺，对于以后的工作有一百个好处。秦怀德鼓励自己，怕什么呢？

办公室主任看出来了县长的态度，他起初有些恐慌不安的心绪立刻镇定下来。为了以防万一，不出乱子，他拨通了公安局局长的手机，公安局局长回话说立刻派警力过来。主任仍然不放心，尽管他更愿意往好的地方想，但他不愿意在这个节骨眼上出差错。要知道，县长才来两个月，若第一回出征就打了铩，他这主任就不称职。办公室主任做了好几年镇长、镇党委书记，十多年的局长，又做了几年的政府办公室主任，经历也算丰富，几任的县委书记、县长，还有不停变换的副职，用他的话说，都领教过。无论为人还是工作水平，他佩服谁认可谁心里跟明镜似的，按照正常的逻辑来看，他再有几年就要离岗了，在科级这个位置上算是干到头了，唯一的希望便是年底换届时能不能上一格到人大或政协当个副职，这要看天意，也要看自己的造化，如果没有这个念想、奔头，他这个岁数跑前跑后伺候人实在太不合适了，况且来的领导年龄越来越小，他除了操这份心还得协调关系。在平时，他做人做事不外露，十分谨慎，就像一头老黄牛，任劳任怨。政府各部门的头头都羡慕不已，说他这个大本事人，不知谋划一下前程，让谁也猜不透，估计领导给他承诺了什么。所谓工作能力强，无非是善于察言观色，懂得讨好各个领导,怎么做到的谁也没法学。平日里看似大大咧咧的一个人,伺候领导的细致之处别人无法相比。有时领导们捉弄他、耍花招他都揣着明白装糊涂,不会揭穿。在这个位置上,他不敢有半点差错,也不得不多留几个心眼,无论什么情况都要保护好自己,同时要叫领导满意。即便如此,他都不能肯定,领导究竟满不满意?他们是如何看待自己的?他心里没数。因为县政府的事太杂太多了,稍不留心,就会给别人留下把柄。

秦怀德执意要亲自去接见上访群众,许多干部半天愣在那里。政府楼上气氛显得有些紧张。秘书们打电话的,上楼下楼叫人的,平日里来县政府上访的人只有三两个,信访局找有关部门来解释政策,理顺情绪也就算完事了。即使有几个长年累月的缠访户,大家谁也没放在心上。如今的形势,群众想上访便上访,有时甚至是无理取闹,但大家都习以为常了。眼下,几百号人拥在县政府院内,影响了人员正常办公不说,连大门口都被堵得水泄不通,就像赶集遇会一样,吵闹声此起彼伏,任凭信访局的人苦口婆心劝说解释都无济于事。上访群众口口声声要见县长,好像其他人说了一律不算数,只有一县之长才能给他们做主。这样的阵势,办公室的所有人都如临大敌,真不知如何应对。好在秦怀德主动出战。大家既松口气又担心,秦县长能行吗?

秦怀德在市委机关工作的所有底细早被有心人摸得一清二楚了。他伺候过几任市委书记,一直没有被重用,偏偏新来了个书记不到半年就派他来古城县任职。有人说省委组织部有个常务副部长和秦怀德是大学同学,那个副部长和市委书记又在一起工作过,交情也好,用下边的话说就是哥们儿,于是秦怀德当县长也是顺理成章的事。后来又说秦怀德的妻家很有背景,妻哥、小姨子都混迹商界,在省城里呼风唤雨,省上有脸面的人物都是他们的座上宾。还有人说,秦怀德在中央党校时认识了一个如花似玉的女人,这美女在高层人际圈有一片天地,办这点小事,不费吹灰之力,秦怀德飞黄腾达的日子还在后头呢,要不然他下来两个月,不动声色,沉着冷静,遇事也不推诿,挺硬朗呢。

这么多的讯息一传十、十传百，全城的老百姓都晓得了，就是在古城县僻远的村子里的老汉们说起新来的县长也是头头是道。但说归说，古城县的人精怪着呢，他们将信将疑地看着秦怀德怎么干，光说不练不是好把式。众人心里都揣着自己的小九九，无论你来头多大，背景多扛硬，能做好工作干几件事百姓才会认可。至于别的，好像跟古城县老百姓没有半毛钱的关系。

无论古城的人怎样猜测，秦怀德上任就是没烧三把火，也没急着大刀阔斧进行所谓的改革。作为县里的第二把手，他拿捏得住自己的分寸，也清楚如何当好角色，摆正自己的位置。县委那边书记资历老，从基层一步一步干起来，自然工作老道经验又丰富。再说那几个常委，除了两个是本地人以外，其他的都是从乡镇起家的，什么事没经历过，也就是说人家都是从大风大浪中脱颖而出，个个老道精明。这样的班子搭配，秦怀德给自己定了许多规矩，谦虚学习是第一要务。官是组织给的，事是自己干出来的。平日里无论谁找他，总能看到他一副笑盈盈的样子。就连普通干部都说，这个县长没架子，平易近人。也有人说此人笑里藏刀，说不准日后找起碴来，十头牛也把他拉不回去……

秦怀德走下楼来，办公室主任早就安排好公安局、信访局、办公室一班人左右拥着。院子里上访的群众一见这阵势，自然没有了开始时的那份嚣张，人群四周站满了公检法人员，这种严阵以待的架势仿佛只要县长一声令下，逮几个领头的人不在话下。人群里有人开始嘀咕，心里多少犯怵。这县长人生地不熟的，没沾亲带故的，要抓几个人只是一句话的事，刚才还一触即发的态势，这时候显得平静多了。秦怀德环视了一下周围，还是那个表情，没有丝毫要发火的样子。他用两只手往下按了按，示意大家都放松，不要紧张，无论公安干警还是上访群众，没必要这样剑拔弩张，所有人大眼瞪小眼看着秦怀德，不知道他葫芦里装的是什么药，就连这几百号的男男女女，也一下子屏住了呼吸，等待县长发话。

秦怀德见如此状况，稍微平稳下来，他大声说："乡亲们，我是秦怀德，是组织上派到咱们古城县当县长的，两个月了，走走串串，也没干什么事。我很庆幸，来古城县工作也是一种缘分，人常说'有缘千里来相会，无缘对面不相逢'。这虽然是说友谊、爱情，可工作也一样，人与人一辈子能在一起劳动、学习、工作、生活也要讲缘分，要不然，有的人一辈子八竿子也打不到一搭。"

说到这里，秦怀德搓了搓手，继续说："我来咱们这儿工作，不一定和每一个村子每一个人熟识，不一定都能成为朋友或好朋友，但我争取做到走遍咱们古城县每一个村，只要时间允许，我会跟大家交心，成为朋友，你们的事，当然就是我的事，解决不了，你可以骂我，让我滚蛋。但要有个前提，有甚事，无论大事还是小事，咱得坐下来心平气和地谈。人心都是肉长的，我当县长是荣誉，也是一份责任，不靠你们，不听你们的话，不解决实际问题，那就有问题，那就成了'囊饭胚'。所以，吵架也好，上访也好，必须按规矩来，如果一有问题，全县几十万人都来县政府吵闹或者起哄，你们说，能解决问题吗？"

空气像凝固了一样，政府院子里一下子很静，所有人似乎能听到彼此的心跳声。

"秦县长，你说得一套一套的，理还是个理，可我们来上访，不是无缘无故的，你说句痛快话，我们村的事怎么处理？"突然，人群里有一个人打破了瞬间的沉寂。

接着，有人附和，似乎起初的紧张空气又弥漫过来了。所有的人绷着脸，目光齐刷刷地聚焦到秦怀德身上。秦怀德显然有充分的心理准备，他依旧微笑着，脑子里飞快地闪现着各种各样即将突发的场面，他要控制好局面，必须要在群众情绪稳定下充分表明自己的态度，无论面对什么样的复杂事，作为一县之长，都无退路，想平息这件事，他的一举一动至关重要。其实对于这个村的情况，他也略知一二，遗憾的是调研的时候没来得及深入到这个村去，没想到就酿成了这样大规模的上访事件。

事前镇上、信访等有关部门没一个人向他汇报过这个村的任何情况。秦怀德此刻回想起来多少有些不舒服，甚至愤怒。有关部门如此信息闭塞，有关领导没有丝毫的政治敏锐性，群众的意见和积怨没有消灭在萌芽之中，这是严重的失职、工作不到位。眼下，秦怀德顾不了想这么多，他知道古城县从改革开放以来，如此大规模的上访实属罕见。他是县长，还不急于表态，没有调查便没有发言权，何况其他领导有什么意见看法也没有征求。还有，县委书记是一把手，人家对此事是什么态度，他都得掂量掂量。

想到此，秦怀德觉得有些心虚了。他心跳加剧，看着黑压压的人群，感到沉重的压力使自己连呼吸都困难了。办公室主任一直看县长的表情变化，这时他凑过来悄声说："要不要叫主管县长解释一下？"

秦怀德稍转头瞪了一眼，这目光十分严厉，他下定了视死如归的决心。无论结果怎样，他秦怀德绝不会当缩头乌龟的。

秦怀德尽快让自己平静下来，他张口准备说话，喉咙却很干很涩，没有发出声来。他咽了口唾沫，脸上依旧挂着微笑，说："只要有道理，大家相信，无论什么事，即使天塌下来，有我秦怀德顶着。如果大家的诉求是合理的，是出于公心的，政府会给大家一个公道，该谁承担责任，该谁坐牢，绝不含糊。可话又说回来，要是有人故意煽风点火，制造混乱，我也保证，绝不会让这种兴风作浪的人有好日子过。"讲完，他觉得自己还是有些激动。

下面有人拍手鼓掌，起初稀稀拉拉，稍一会儿，喝彩和掌声分不清哪个压倒哪个。

"秦县长，我们信你的话，只要有个说法。"紧接着有人喊着："走了，散了！"只一会儿，政府大院恢复了正常，只有公检法干警呆若木鸡地站着。有关部门领导一个个长出着气凑过来，等待秦怀德发话。

"散了吧，大家辛苦了。"秦怀德觉得自己有些疲惫不堪了。

秦怀德上楼的时候，回头对办公室主任说："立马通知开会。"

"现在吗？"办公室主任知道时间不早了。

"还用问吗？"

办公室主任眨了眨眼睛，马上反应过来："参加会议的人……"

没等办公室主任问完，秦怀德便打断了他的话："政府各县长、公检法领导、信访局，还有刚才这个陈家镇的领导。"

"要不要给县委先通个气？"办公室主任小心翼翼地问。

"完了我汇报，群众是来政府上访的。"秦怀德头也不回地走进了自己的办公室。

办公室主任走进楼道里，好半天就那么愣着，他觉得这个秦县长还真有些特别，这样的做事风格还是头一回见，以往的领导都是谨慎行事，能推的尽量推，生怕粘到自己身上。秦怀德不一样，不怕事，还雷厉风行。办公室主任有些困惑不解地摇了摇头，他不敢马虎，立刻给分管政秘的副主任布置会议的事情。

"有好几个副县长不在呀？"政秘主任一脸的迷茫。

"你看这阵势，除了在外的全通知。"办公室主任毫不犹豫地说。

"有下乡的通知不？"政秘主任拿笔记。

"通知，往回赶。"办公室主任这才点了一支烟。

"甚内容？"政秘主任继续问。

"秦县长的会，内容开会才晓得。"办公室主任进一步叮咛："谁不来，让他给秦县长请假。"

快到中午时分，秋阳火辣辣地照在街上，人们躲避着，生怕这光线刺疼自己的皮肤。

在县政府二楼会议室，应到的有关人员早已找好了自己的位置。两位副县长是从乡下匆匆赶来的，他们有些莫名其妙地问："到底甚事？这么急。"其他人面面相觑，摇头表示不知道。会议室是刚装修过的，尽管空调开足马力吹着，但那股装修的味道还是刺人鼻子。通信员给各位倒来茶水，大家都说今年的庄稼长得好，上面很重视古城县，无论农村还是县城会有一个新的变化。说话间，秦怀德走了进来，他习惯性地朝众人点点头，然后坐下来问办公室主任："都到了吗？"

"到了。"办公室主任环视了一圈后十分肯定地回答。

"陈家镇书记呢?"秦怀德问。

立刻有人站起来说:"我们书记到市里去了,镇长刚接上访群众回去正开会,我是镇上的副书记。"

"早些时候忙起来,不至于现在手忙脚乱,以后叫正职开会,不能顶会。"秦怀德一脸的严肃。众人心里开始打鼓,心想这县长看来真的要发威了。

按惯例县长决定开会事先有个提议,烦琐的程序办公室早就准备好了。而今天,秦怀德一句话,会议说开始就开始了,没有主持人,没有条条框框,参会人员觉得秦怀德开头便给众人来了一个下马威。眼看要到饭点了,众人感到秦县长丝毫没有散会的样子,都大眼瞪小眼看着秦怀德。有几个人平时养成了习惯,耐不住性子开始交头接耳。在平常也没有人计较,而此时秦怀德火了:"那两个拉话的,你们讲得好请上来讲。大家看看这会风,顶会的、拉话的,成何体统!平日开会就这样吗?什么坏毛病,这工作态度,会有个好结果?"会场一下子凝固了似的,静悄悄的彼此能听到呼吸声。

秦怀德继续说:"有一些部门领导占着位子不干活,八面玲珑,左右逢源,一个好人做到底,县上这么多工作都堆到那儿,就是没人做。说起来一套一套,原因找得很多,从来不检查自己,从来找不出自己的毛病,今天的群体上访事件,是什么原因造成的?你那个乡镇,有些部门,还有我们领导,谁主动做过工作?这里面有没有鬼八怪?大家心里清楚。下面,我强调一下,政府成立工作组立即去调查,研究解决这个问题,有关部门主动积极配合,谁误了事谁担责任,必须严肃处理。另外,有关土地问题、赔偿问题,我们有甚不公不平的要改正。这里有没有干部违法乱纪的行为,我们请纪检部门查。办公室立即起草成立领导小组的事,明天或后天进驻陈家镇陈家山,大家不要对老百姓的事置若罔闻,要真出了事,那就是天大的事。"

接着,主管的副县长开始表态,发改、土地、农业、工业、陈家镇都表态。秦怀德看了一下表说:"不早了,散会。"

众人松了一口气,走出会议室的时候有人悄悄地说:"没想到这县长这么霸道,本来这样的会要县委那边统筹安排,政府县长就这样拍板定案了,这不是乱了规矩?"有个本地的副县长听见了说:"小子们不要乱猜乱说,如果跟你嘻嘻哈哈拍肩称兄道弟,翻脸了更可怕。"

秦怀德接见上访群众的表态,还有一言堂的开会很快在古城县传开了,社会上热衷于政治的人不断放大秦怀德的所作所为,大家继续延伸议论这个人有来头,而且不怕事,霸道。甚至有人说他不把县委书记放在眼里,到年底肯定是县委书记的料。老县委书记来古城县八年了,年龄比秦怀德大十岁,政治上老谋深算,做任何事都稳稳当当,八年里古城县没出过什么大乱子。有人猜老书记临近退居二线了,也省得管这么多事,更何况是群众集体上访。他也希望秦怀德早些灭火,不然会殃及自己。陈家镇书记镇长都是老书记提拔的,有什么闪失老书记能脱得了干系?众人就这么乱猜,有人也希望县委出面制止一下秦怀德的专横气焰,县上的事不能由他一个人说了算。然而,当了官的人都深藏不露,没有三下两下敢在这道上混?一个个精得像狐子,脸变来变去,没人能猜出他们在想些什么。

最着急的便是陈家镇书记马随岁了。他是担心陈家山在修高速路时征地拆迁的事,尽管工作都做完了,路也修通了,可陈家山的人背地里一直在鼓捣,他们认为补偿不到位,而且村干部和镇上相互勾结,许多好处都让个别人侵占了。比如修公路时穿山洞运出来的石头,比如盐碱地与耕地一样的补偿款,村里生硬少了几十万,还比如县里安排的各类项目,老百姓眼睁睁地看着都是外来人承包,村里人连跟工的角色也没有……诸如此类的事,提起来就是一串串。更令人气愤的是好处都让村干部得了,他们还作威作福,狐假虎威的样子,村子里只要谁议论起这些事,村干部便口出狂言:"老子通天着哩,不服气告去!"

这些情况马随岁了如指掌,只是陈家山是县里树的一个点子,村主任陈二果人又扛硬,十年的村主任官道上是老皮,根本不把那些鸡毛蒜皮的事放在眼里。因为这人心宽，头脑好使，和县里方方面面人熟，所以谁也没把陈家山的事当回事，这样日积月累，还是出事了。在这之前，马随岁给县里打过招呼，也提醒过陈二果，工作注意方式方法，不要和村里人弄得太僵了，陈二果不以为然地说："咱怕甚？他们还能翻了天？"

谁头上轮上这事，吃不了就兜着走。马随岁心里清楚，觉得真要出事了。于是，他和镇长商量，赶紧到政府探个风声。

办公室主任对马随岁印象不错，过去他在乡上当书记的时候，马随岁是副职，后来他曾极力推荐过马随岁。对马随岁说的事情，无论是真是假，办公室主任都从不含糊。看着马随岁一脸的忧虑，办公室主任十分认真地说这事为什么不早点反映，那个陈二果要识时务赶紧主动退了，这一摊子的事绕来绕去就是干部乱作为胡作为的问题，更严重的是侵占和挪用集体资金的问题，当今的形势，若是搬出来谁都无济于事。办公室主任表情很平静，语音里却有一丝异常，显然有些恼火，但还是十分关照地说："或许县委那边分量重，对这事另有看法。无论怎样，你不要爱面子，给书记敞开了说，汇报时不能避重就轻，哪怕挨批挨骂，甚至下不了台，都不要怕，政府这边铁了心，弄不出名堂不会就此罢休的。"

人常说当办公室主任要腿勤嘴甜，见风转舵，即使工作上不顺利，也不得有半点怨言。何况，在县长身边，除了谨慎外，还得左右逢源，关键时刻要有个立场。办公室主任自己知道，这个"万金油"角色不好当。

各种小道消息与传闻成了古城县人最关心的事情，以前没人注意这些事情是因为大家日子过得紧巴，没时间也没闲工夫说这些不沾边的事。如今古城县不停地变化，农村也跟着变，国家对贫困县的支持力度加大，大家都眼巴巴地瞅着盯着一笔笔款项的去处，不少领导干部也就动了心思，人们吃饱穿暖后不再说几句风凉话或事不关己高高挂起，而是对各级政府每个干部的能力水平以及整个地区的发展开始评头论足。

这种参与程度是空前的。村里的"人事圪堵",县城的"人事摊"总是聚集着一帮人,各种身份,不同诉求,各种角色,不同意见,他们似乎一天不说这个地方的人和事,夜晚就睡不着一样。政府部门上班的人更是如此,省上动人了,市上动人了,谁上谁走谁下,似乎了如指掌,这种近乎生活一部分的内容,常常是桌上或闲时重要的一道"大菜",人人都津津乐道。

经办公室主任指点,马随岁没敢有半点懈怠,立刻从政府大院走出直奔县委。以前来县委找某个部门或领导汇报他心里是有底的,现在他没有平日那种底气。说实话陈家山出现这种情况他也是始料未及的,本来他想派一个副职去做做工作,平息一下便可了事,哪知一批一批的镇上干部去了,要么连个群众会都开不起来,要么就是来十几个人乱吵一顿,根本理不出个三二一。现在他明白了这问题的严重性,赶紧灭火是当务之急,这个秦县长看起来不是省油的灯。马随岁一边让镇人大常委会主任纪检书记包片副镇长进村,一边马不停蹄地给领导汇报,讨个口风,看能否尽快解决问题。其实县委书记对马随岁的工作能力还是赞赏的,当初力排众议,主张把人口多、面积大、有山地川地、靠着无定河、自然条件数一数二的陈家镇交给马随岁。之所以大家都看好陈家镇,是因为都盯着那一马平川,外面的许多企业有意向来古城县投资,大都看准了陈家山那片川地,供水、交通都方便。然而,想要从农民手中把土地征到手,也是让上上下下最头疼的事。县委书记派了马随岁到陈家镇,是看准他人年轻智商又高,对他交代的事情,无论难办或容易,马随岁都从不含糊。马随岁原本在乡里当过副职,后调回团委工作,可以说对农村工作还基本熟悉。起初马随岁任这个大镇的书记,许多人还为他捏把汗。但他来到镇上两年多了,还真没辜负县委书记的期盼,一年内把几个软弱涣散的村班子整顿后重新建立,还有几个老大难的村子,好几年没有班子,他照样建起来开始运作。这一举动便得到了大家一致认可。现在,马随岁顾不得显摆自己的光辉业绩了,后悔自己早应该到村上去,把事情的来龙去脉搞清楚,即使处理不了问题也不至于像现在这样被动。以往的工作他交代下去，副职们办妥了觉得省心，要有困难，他不去找哪个领导，自己亲自到现场，软硬兼施，没有解决不了的问题。陈家山在镇政府眼皮底下，有个风吹草动他十分清楚。就是遇集天，"人事滩"上那帮人说三道四也能掌握些情况，这回他还真有些大意了。陈家山书记刚选起来，人老实巴交，不像其他村干部腿勤嘴软，村主任陈二果家族大，人又强势，任村主任十多年了，陈家山的事基本是他说了算，书记也就成了摆设。马随岁也知道这里面水深着呢。陈二果县里市上找人找得天昏地暗，甚至跑到省城里活动，项目呀资金呀朋友弟兄纠缠不清，不要说在陈家镇，就是整个古城县也是数一数二的"能人"。鉴于这种关系，马随岁也就没多在意陈家山会出现什么情况。陈二果曾拍着胸脯给他保证，陈家山不会有问题，出了问题扇十个耳光他脸都不红。马随岁想到这儿，心里不免有些恼火，他自言自语地骂道："狗日的！"

显然马随岁有点急。人免不了有乱方寸的时候。

县委书记见马随岁进来，少了平日的温存，没头没脑地开始批评甚至是斥责他，这让马随岁仅有的一点自信心都没有了。书记也不绕弯，直截了当把陈家山的事搬出来。最后，书记用十分严厉的口气说："你已经失职了，人家秦县长来了多久？你还让不让人家工作？陈家山这么一闹，县上那个招商项目还落不落地？陈二果也太不不像话了，一手遮天，横行霸道，还像个共产党员吗？"

马随岁一头雾水，他听得出话的分量轻重。这事情看来不那么简单了。

没等马随岁反应过来，县委书记有些烦躁地说："你们这些人就不能让我省些心，当初你去陈家镇，众人有说辞，现在可好，最大的问题就在你这里了。一会儿我们开常委会，你立马回去先给我弄明白，陈家山到底哪儿出了问题。"马随岁一直表示歉意，称事情突然，是他失职。当初他还抱着侥幸心理，这才明白白跑了。书记不像平时那样体恤下级了。既然这么严重，马随岁匆匆离开县委，直奔陈家山去了。

县委常委会从下午一直开到晚上，中间大伙儿在县委机关灶上草草吃了碗面，大家挨着表态发言，说这次陈家山上访问题严重性不容忽视，每个领导都做了客观全面认真细致的分析，但居然没有一个说出真正的原因，一时间会议气氛显得紧张而尴尬。秦怀德本来想多听大家的意见，以弥补自己刚来不久的缺陷，具体情况不掌握，也就不好表态。然而大家明白，这种场合不宜多说，也不能说得太明、太细，最终还得看一把手拍案定夺。这种气氛中，你看我我看你，有的干脆假装看文件，有两个烟瘾大的早就忍不住了，干脆起身离座到外面吸烟去了。有人咳嗽，有人喝水，似乎陈家山的问题和自己毫不相干。这样尴尬的场面，县委书记还是头一回见，他环视了一下会场，目光在每一个人身上扫过，当落在县长秦怀德身上后，立即闪躲开来，说："秦县长是什么看法？"

本来秦怀德正思考着自己如何表态，被书记一问，自己倒觉得有些被动了。他没有参加过这样令人窒息的会，好在思想上还有准备，说："首先我要检讨，陈家山的事有些突然，我掌握的情况又不多，当时自己只想平息一下现场状况，没有多考虑，所以就直接面见了上访群众，而且在没有和县委统一口径的前提下表了态，这说明本人还是基层工作经验不足，把事情看得过于简单。还有，没有给县委汇报之前，政府那边以政府的层面成立工作组，这也不妥……"

县委书记摆手打断秦怀德的话，说："秦县长就不要检讨了，这事你做得很好，敢担当，敢负责，我是支持的。成立工作组也是好事，咱们是齐心协力解决问题，只要陈家山事件平息了，不影响大局，我们大家又何乐而不为呢？"

大家却听出了书记话里有话，他把众人说的事情改为事件。这问题复杂了，所有人脑子里的弦开始绷紧了。

秦怀德听了觉得别扭，心里不是滋味。他知道书记在古城县这些年呼风唤雨，如鱼得水。从县委副书记一下子就坐到了县委书记的位置上，省了在政府当县长出力不讨好的角色。秦怀德也知道，他的前任就是和书记磨合得不好，或者说配合得不默契被调离了。本来，他到古城县就有压力，过去以为自己无论为人处世，还是官场跑堂都还能应付，更何况他来时便有一番宏大设想，只要没私心，全力以赴为古城县的发展尽心尽责，即使没有雁过留声，也不要老百姓怨声载道，或者骂名四起……太天真了！他想着不由得打了个冷战。

"关于陈家山的事，我还得表个态，作为县委副书记、政府县长，我一定以身作则，敢于碰硬碰真把被动的局面扭转过来。不过，要服从县委统一部署安排，和大家一道，为古城县的发展，劲往一处使，力往一起出。"秦怀德觉得自己有些激动，说起话来激情澎湃。

书记翻开厚厚的笔记本，然后不慌不忙地喝了口水，这种沉着冷静的动作，让大家觉出了老帅出马的阵势。书记放下水杯，慢慢悠悠地说："是啊，我来古城县时间不短了，大大小小的事也遇过，但大家知道，如此人数众多的上访事件还是头一回。"书记稍停顿了一下，声音提高了说："丢人呀，同志们，平时干什么吃了？陈家山的上访现象又不是一天两天形成的，这矛盾好久了，我们的干部没发现？"说到此处，书记用手拍着桌子，显然有些恼怒。大家印象中书记不轻易激动，也不高嗓门讲话，平时常用眼光扫视大家，有一种威严，或质疑，大家都躲避他的眼光，不敢和他对视。在古城县，书记的一举一动，各种会议讲话的内容语调都是不一样的，常常既有新鲜感，又有一种神秘感，你永远也捉摸不透他的心思。

会议室灯火通亮，外面似乎刮起了风，窗外已是一片星光灿烂。

书记一口气，从干部作风、领导能力、干群关系、社会矛盾等方面如背诵课文一样说了很多，讲古城县的长处短处，前途与发展。讲得在座的人云里来雾里去，大家不知书记最后的重音往哪儿落，只有哑然无声地认真听着。

书记说："县上必须成立工作组，由县委统一抽调干部，一定要能力强站位高的干部，由秦县长担任组长，各部门各单位积极配合工作组，目标——陈家山。凡涉及任何问题，这次一定要利索地解决，不留尾巴，不留死角。同志们，我赞成秦县长的工作作风，雷厉风行，不拖泥带水，要是谁在这里面有问题，紧盯不放，不处理人光讲人情是不行的。"

书记算是定了调。很明显，秦怀德让县政府成立的工作组自然而然便作废了。书记询问大家有没有别的意见想法，众人都摇头，会也就散了。走出会议室，有几个抽烟的开始发烟，爱开玩笑的立马开起了玩笑，好像刚才开会的那种紧张一下子就烟消云散了。

然而秦怀德没觉得轻松，他检讨自己的失误，起初是自己把事情看得太简单了，表态也过于积极。在县上任职，一定得摆正自己的位置，重大的问题没经过县委的同意，也就是没和一把手沟通前，自己的所作所为都是徒劳的。

这一夜秦怀德没睡好。第二天一大早醒来，他下楼去院子里散步，有好几个局长已经站在院子里说笑，见秦怀德过来，大家都打招呼问早，秦怀德顺便应声着继续往前走，没想到发改委主任嬉皮笑脸地走过来说市上要报明年重点项目计划，限时当日，他们列了十几个项目，请秦县长过目签字。

秦怀德觉得这个主任没有眼色，有些烦人，大清早，还没到工作时间，这时候把人拦到院子说事，简直是不可理喻。然而，他又不好拒绝，主任毕竟是说工作的事，何况市里要得急，在某种程度上，基层工作也没有个准确的上下班时间，怎样能高效解决问题怎样来，因此这种汇报方式也不足为奇。秦怀德接过那一沓资料，边看边往楼上办公室走。他说："你们呀，真会钻空子。"

后面跟着的人面面相觑。

一看几个局长都找县长有事，办公室主任赶忙让其余的人先在他办公室等候。秦怀德临开门进去的时候回头对办公室主任说："一会儿吃完早餐去陈家镇。"

办公室主任应承着。他一边招呼几位局长坐下开始泡茶，一边打手机叫秘书通知司机、电视台记者在政府院内集合下乡。大家都是熟人，走到一起互相开始用古城县特有的语言方式开玩笑、爆笑料、说段子，相互挖苦一阵，大家说得正热烈，不知谁问了一句："陈家山的事是不是很大？"

没人再言传了，都看着办公室主任。

办公室主任一如既往地说："把各自的事做好，管那么多闲事干啥。"

说话当儿，发改委主任从秦怀德办公室走出来，众人争先恐后地找县长汇报工作，还没等排好队，秦怀德从办公室走出来，他看见这一群人，发现大家都悄悄看着他，于是主动说要下乡去了，有事改天吧。

大家觉得秦县长脸色有些难看，灰溜溜的，大概陈家山的事真让他闹心了。

秦怀德还真没想到陈家山的事这么难缠，里面丝丝瓢瓢根本无法厘清，群众上访的时候一个个义愤填膺，好像都豁出去了一样。而工作组进驻村子后，大家像避瘟疫一样，一个个躲躲闪闪。秦怀德总感觉到这情况要比想象的复杂。于是，他干脆晚上不回县城了，吩咐马随岁给自己捣腾出一孔窑洞，一副解决不了问题誓死不归的架势。马随岁当时还以为秦县长只是说说而已，他清楚，这么些年来，别说是县长，就是部门领导也没一个人为了解决问题住在乡下的，陈家镇离古城县这么近，汽车一溜烟跑回去也不耽搁甚事。下午吃过饭，秦怀德说顺便在镇子上溜达，马随岁试探地问："秦县长真不回城里了？其实也大可不必，我们会尽力把这事弄好的。"

"出了事才想弄好？早前吃干饭去了？我驻下，没妨碍吧？"秦怀德神情严肃。马随岁立刻赔着笑脸说："秦县长就是我们的主心骨，驻下来再好不过了，只是镇上住的条件有些差。"

"一样么，大家不都住着么。"秦怀德不以为然的样子叫马随岁打了个寒战。

马随岁立即吩咐一个副职去县城弄一套全新的被褥来，包括洗漱用品，该想到的全想到了，而且抽机会悄悄地给县政府办公室主任打了个电话，办公室主任也吃了一惊，他给马随岁叮嘱道："千万别出差错，这次县长来真格的了。"

在这期间，秦怀德几个人已走在镇子的街道上。下午饭后，两旁的门市、小商店前三三两两蹲着的、坐着的、站着的人很多，这大多是陈家山的村民，有人看见秦怀德，便指指点点，悄声说着话，许多村民去政府上访过，认得秦怀德。秦怀德微笑着不停地点点头，算是和大家打招呼。这当儿，马随岁急急忙忙赶来，喘着气说："秦县长，镇子不大，走完了晚上是不是喝点酒解解乏？"

"还喝酒？你马书记量真大呀！"秦怀德算是拒绝。

"不是，陈家山的村主任陈二果说他做东，想和您拉拉话，汇报一下村里的情况。那不，前面就是村委会。"马随岁用手指着前面一栋灰溜溜的建筑说。

秦怀德停下来说："这大概是镇里最气派的村委会吧？"

众人不明白秦县长问话的意思，就连平时反应快的马随岁也觉得一头雾水。

"这就是靠山吃山，靠水吃水的典型。陈家山没有这几万亩水地，恐怕也盖不起这样的村委会。"秦怀德说完便回头走了。

"秦县长，不去村委会了？"马随岁小心翼翼地问。

"你说呢？"秦怀德边走边说，"老百姓盯着呢，我们的一举一动、一言一行他们都记着哩。那个陈二果我知道，非同凡响，市人大代表、劳动模范、红花村掌门人，我就不登门拜访了。有事，叫他来工作组找我。"

"嗯。"马随岁觉得心都要跳出来了。他想，陈家山的事还真不知是甚结果呢。

秦怀德没驻两天，走访了陈家山大半个村子，每到一户，先说家长里短，然后直奔主题，许多人都含糊其词，躲闪着绕弯子不说一句实情，有几个倒是敢仗义执言，说起话来情绪激昂，甚至恨不得把村干部镇干部祖宗三代刨出来说事。秦怀德问有甚证据证明有些干部贪污、多吃多占、挪用公款、欺侮百姓等。这些人都说:"你们查呀!"

秦怀德走访了两天,心里是有个数了,既然自己是工作组组长,又是一县之长,该做主时还得做主。于是,他打电话叫审计、纪检有关人员,把陈家山的账务仔细地查一遍,看究竟有没有什么猫腻。可账还没开始查,县委那边来电话说老书记指示,陈家山的事关乎全县招商引资环境,动静不要搞得太大了。至于个别干部有问题,逐个落实处理,只要做好群众工作,不上访,平息事态不扩大就算做工作了。秦怀德一听火冒三丈,他脱口骂道:"狗屁逻辑!什么是恰到好处?招商引资一个企业两年都开不了工,这样的营商环境继续走下去死路一条!"

身旁的人没作声,但是他们都知道秦县长真的发火了。窑洞里另外两个人,马随岁和办公室主任,他们处在不同位置,各有心思,仿佛什么也没发生。

"是不是先撂一下,回去和书记碰碰头再说?"办公室主任是一大早来让秦怀德在几个文件上签字的,他明白这事弄不好会引火烧身,因为陈家山的事就是陈二果的事,陈二果的事就是县里市里某些领导的事。群众想扳倒陈二果,可以说目标是一致的,但到了关键时刻,都缩头缩尾不敢露头。他们是观望、看风向,谁都清楚,陈二果背后的力量无比强大。

马随岁干咳两声,他同意办公室主任的意见,期待秦怀德把这事缓一缓。

"你们的意思是我这个县长来做做样子就行了?"秦怀德怒气未消:"能交代得了吗?陈家山老百姓再上访,问我个一二三,我怎么说?"

"县委那边的意思我们也要听,不然,事情会更复杂。"办公室主任鼓起勇气说。

"我当组长也是县委安排的呀,有甚复杂的,稀泥抹光墙,陈家山的问题能解决好,全县就平安无事了。"秦怀德眉头依然皱着说,"县委那边我去汇报。"

说话间，秦怀德一行人走到陈家山川口的一个土山包上。山包不高，长满了杂草，站在山包上，一眼望到陈家山最值钱的地方——陈家山川水地。这是陈家山人祖祖辈辈赖以生存的川水地。在最困难的日子里，整个黄土高原十年九旱没有收成，陈家山靠着无定河之水，庄稼收了一茬又一茬，让这里的老百姓少挨了些饿，他们没有像后山老套的人们"走西口"，也没有"走南路"。他们守着这块川水地，怀抱着希望……到了现在，城镇化的进程，社会大格局的变化，人们渐渐放弃了对土地的依赖，就像陈家山这样的川水地，到处长满了杂草，逐渐荒废了。一条铁路直着过去，一条高速路紧跟着铺了过来，陈家山人从这种变化中尝到了甜头。拆迁、征地、补偿，陈家山人过上了另一种生活。眼下古城县发展商业、发展工业，大家眼睛齐刷刷地都盯着这块土地。然而，矛盾也越来越多、越来越深。前年招商的项目只圈了一道围墙，还没正式开工，几乎是男女老少都去阻工，商家急得上蹿下跳，一个劲地找政府协商，上届政府不知派了多少个工作组，问题就是解决不了。这情况，秦怀德越想越感到压力很重，无论他心里多么强势，干事说一不二，但是站在这个烂摊子当中，他知道弄不好自己会惹得一身臊不说，整个仕途都会搭进去。

一整夜，秦怀德没合眼，他翻阅大堆从前工作组的记录材料，看着看着觉得光这堆材料就把他给绕进去了，好像自己站在泥潭上，稍动一下，脚和腿就慢慢地往深处陷。上届政府不是没想法子，看起来也用过许多妙招，可为什么就不灵呢？秦怀德陷入了深思，此时他才觉得就算是块豆腐也吃不下去，再咽到肚子里消化更难。

秦怀德一大早洗漱完刚迈出门，有个人笑嘻嘻地走过来和他打招呼。秦怀德觉得此人似曾相识，一时想不起来。

打招呼的人边递香烟边自我介绍说："秦县长不记得了，你在市委那会儿，咱们一块儿喝过酒呢。"

秦怀德没接烟。他使劲调动自己的记忆神经，对面这个人怎么没有一点印象。

"陈二果，陈家山村主任。前年开市人代会，有天下午和赵副市长一块儿，记得不了？"

一听陈二果的名字，秦怀德不知为什么从心底里泛起一股反感。这些日子陈二果这三个字不止一次进入他耳朵，然后停留在脑子里。一个村子的村主任，呼风唤雨，无所不能。秦怀德暗暗地说自己是否有些敏感了。他咳嗽一下，似乎真的想起了那顿丰盛的酒宴，赵副市长喝醉了，面红耳赤地和陈二果勾肩搭背，声嘶力竭地对众人说："二果是个好同志，是个好兄弟，今后有事你们都要帮忙。"

秦怀德知道"你们"里面也包括自己。

赵副市长如今成了赵副书记，在市里也是有两把刷子的人，有次跟赵副书记一块儿下乡，赵副书记还特意拍拍秦怀德的肩膀说："做官做人都一样，要有资源、人脉圈子，不然一人一张网，你捅不对就把自个儿'网'了。"

秦怀德突然感到一种恐惧。他想自己千里走单骑，说不定救不了火就得把自己葬身火海了。

"大名鼎鼎。这么早，有事？"秦怀德说。

陈二果还是笑着："也有也没有，本来早就该拜访秦县长的。您看，村里人一闹腾，弄得大家都不安生。"

秦怀德并不相信陈二果的话，但是出于礼貌，他问："这是为什么呢？"

"说起这事，真头疼，反正我有责任，没有做好工作。秦县长，我保证，以后不会再有人去政府闹腾了。"陈二果不时地看着秦怀德，他有一句没一句地说着，手里一直拿着那根烟，也不点，好像有些不自然，就连表情秦怀德也觉得别扭。

"陈家山的事，你肯定有责任。完了，我会找你好好谈的。"秦怀德觉得这样站在政府院子里谈工作有些怪异。

陈二果十分知趣，他点着头诚恳地说："是的，是的，我随叫随到。"

看着陈二果的背影，秦怀德突然想起了那句老话，人不可貌相。是啊，陈二果看起来老实巴交，没有半点迹象能看出他是一个城府很深的人呀。

秦怀德觉得这个陈二果怎么也和陈家山的变化联系不上。作为大镇，陈家山不光在古城县名气很大，在全市拿出来比，陈家山也充满神秘感和诱惑力。陈家山的农民收入高，居住条件好，况且离县城这么近，交通便利，整个镇上一条街可谓生意兴隆。两上两下的小楼房，门前的店铺，每家每户都有生意，陈家山的人走路都是歪斜斜走，一股牛气劲。有人说陈家山人请客不在镇上小饭馆请，而是骑上摩托一溜烟进城，胡吃海喝，彰显的就是气派。古城县不少人看好陈家山半山腰的烂窑洞，城里有钱的发烧老板们争先恐后地置办，陈家山一下子红得发紫，人人脸上的表情都带着傲慢，对一切不屑一顾，甚至带着蔑视。

秦怀德感到这一切不正常，但又发现不了任何蛛丝马迹来证明这里不正常。这样一个特殊的村子，占城县说富得开始流油的村了，怎么会集体上访呢？秦怀德怎么也弄不明白，几百号的人来到县政府群情激愤，慷慨陈词。这下倒好，他来了，要解决问题了，群众避而不见，甚至没一个出来说问题的，这样的态度转变，令他百思不解。他还发现，有一些人的眼神是审视的、怀疑的，一副看着办的样子，好像他这个县长欠了他们人情似的。秦怀德心里没底了。

早饭后，秦怀德召开工作小组会，所有成员一个接一个汇报工作进展情况，都是些鸡毛蒜皮的事，最后他让马随岁说说情况。马随岁依旧那么柔和地笑了笑，说话的声音充满了谦虚，他不时地用眼睛瞟着县长的表情，生怕说错了话。他开始十分慎重而且小心翼翼地"介绍"这些天来零零星星有关陈家山的情况。马随岁说根据以往掌握的和现在了解的，陈家山的主要问题是川水地的征用有些偏差。

秦怀德认真听着，不停地在笔记本上记着什么。他对马随岁说的征地似乎很感兴趣，插话问出了什么偏差，是政府的事还是企业的事，我们干部究竟有没有参与其中，有没有个别人从中作梗，等等。马随岁被这一连串的问题问得脑门出了冷汗，他不知如何应答。众人大眼瞪小眼齐刷刷地看着他，最后确信他讲不出来个渠渠道道，秦怀德说了声："这样的工作能解决问题吗？"脸上的表情相当失望。

秦怀德其实内心十分懊丧，觉得工作组的工作好像没有一点成效，他很不乐意大家这样偃旗息鼓，也不想自己一言堂，更不能独断专行。但他知道无法扭转，也不好过早下定论。他来之前，满怀信心，总以为有问题有矛盾很快便解决了。但当他看完前几个工作组还有政府的有关材料后，多少有些泄气。这里面有太多的问题，前面的领导都打退堂鼓了，自己不明不白表了态，而且又是县委常委会让自己带队解决问题。他想，老书记要么是在考验他的能力，要么就是把这咬人的虱子往他身上放。

全场死一般的寂静，没人说话，甚至出气都放慢了，大家把目光不约而同投到秦怀德脸上。有人始终低垂着头，在笔记本上乱画。秦怀德也不说话，他脑海里出现各种各样的镜头，每个场景都有一些模糊的人影，他看不清面孔，但似乎又很熟悉。时间就这么稳稳地走着，整个会议室弥漫着一种阴森森的恐怖气息，每个人都心惊肉跳的。要解决陈家山的问题，要对老百姓有个交代，这肯定要牵扯一些人，而这些人是市里的、县上的，还是在座的？方方面面的关系，没人理得清楚。秦怀德感到唯有自己一个人在大海里，举目远望无船无人，有些绝望。

秦怀德意识到这样的会开不开一个样，他宣布散会的时候众人似乎都长长地出了一口气。会议室坐久了，空气有些稀薄，或者有些变味，好在烟瘾重的没敢当秦怀德的面抽。一说散会，大家争先恐后就像逃离一场灾难似的，一哄而散。秦怀德想着自己的确陷进了泥潭。首先自己不该亲自出马，眼看着这帮人没个肯出力负责的，这种工作作风令他无比厌恶。这阵子他感到自己被别人当枪使了，但又想回来，自己是否多疑了，遇到这号事，政府的一把手，无论如何不能逃避，要面对就必须有信心，他的多疑毫无理由。有这种想法，他内心开始羞愧、自责。

政府办主任打来电话通知秦怀德，晚上县委召开常委扩大会议，至于内容，办公室主任不大清楚。秦怀德当时就想，自己这阵子与县委书记沟通得太少了。

县委书记在古城县就像个不倒翁，更像个如来佛。他已经把两任县长换了。用古城县人的话说，他坐在这把交椅上岿然不动，遇险不惊，见好不喜，古城县大大小小的事都在他的掌控之中。这种老到令许多人折服。特别是有了重大的事情，众人都是看书记的脸色就能知道这事情的结果。这种权威的树立，也是历经风雨的。市上审计局审过他，检察院找过他，除了说他霸气外，没有任何污点。一个当过县长、书记的人，做过的事都如此干净，在别人看来还真是个谜。这样一传，书记很得人心。特别是有个别偏远的村干部，当了几十年队干，没好好见过县委书记，秦怀德来了搞调研时，那些老队干热泪盈眶说书记如何关照他们，如何问寒问暖，如何没架子……这让秦怀德也十分感动。一个在基层十几年的老同志能如此坚持，值得自己学习。本事是硬的，要学会不容易。秦怀德听完书记召开常委会的目的后，明白这会就是针对陈家山开的。书记并没有让秦怀德汇报工作的情况，他说陈家山的事已经影响到县上的声誉。从前大家都瞒着、包着，有小病的时候不治，现在病大了难治。省市转下来的告状信有一大堆，群众说县上处理不好陈家山的事，他们会更大规模去上访，要到省上、北京。同志们，形势严峻啊。书记喝了一口水，说："我在古城县这么久了，还是头一回遇到此类事情，我们搞改革开放、招商引资，目的是甚？还不是让古城县富起来。可是，看看我们的环境，看看我们的干部队伍，这种状态能把工作搞上去吗？我们的干部就是怕惹事，千方百计保着自己的乌纱帽，有的还费尽心机想往上爬，调换单位，捞点油水，这像话吗？"

外面的天漆黑一片，从窗口望去，远处的一座高楼灯光闪耀，偶尔传来一阵火车的鸣笛声。

县委会议室里，气氛猛然紧张起来。书记继续说："当个官官遛个弯弯。我们的干部怕吃苦，指手画脚，基层工作一塌糊涂，有些人就是盯着看有没有好处，吃拿卡要什么脏毛病都有。就是那些市管所的，不吃碗羊杂碎都觉得自己一天没混出名堂。"书记稍停顿了一下，环视了一周后说："陈家山地理位置好，可以说寸土寸金，多少人打主意，我们去年引进的企业迟迟开不了工。当然，政府许多措施没跟上，我也有责任。现在，秦县长来了，也下去了，我们要拧成一股绳，彻底解决陈家山问题，让企业顺利开工建设，让老百姓安心生活。纪检、司法、公安部门，还有审计，天天请示什么？秦县长的指示就是我的意见。明天，迅速进入陈家山，不要讲条件，更不要拖泥带水，有问题的不管是干部还是群众，只要触犯了法律，该抓的抓该判的判，违规违纪的够哪条就处理，决不能心慈手软，同志们呀，这局面扭转不过来，我们无法向上面交代，也无法给古城县三十万人民交代。"

大家发现，秦怀德县长一声不吭地在笔记本上记着什么，表情始终冷冷地凝固着。

秦怀德听了书记这一气没头没尾的话，始终在虚空中绕圈，云里雾里，山坡山坬，自己有些不着边了。不过，他知道自己决定的事只停留在口头上了，各部门的那些头头脑脑个个是鬼灵精，更像妖怪似的。他们的一言一行都看风使舵。公检法、审计等部门进驻陈家山，是他提出来的，几天没动静，原来是县委书记没放话。

秦怀德明白，让他去陈家山多少有考验的意思。当然，书记就是书记，肯定是最终定音的人。本来秦怀德不喜欢疑神疑鬼、胡乱猜测别人，但会散了后回到办公室觉得身心疲惫，睡又睡不着。他见办公室主任房间灯还亮着，便走进去问古城县有没有一个僻静点的地方，他想喝点茶放松一下。

办公室主任立马应承着打电话联系，很快一辆四环的轿车停在楼下。秦怀德当县长几个月，难得这么爽快出去。办公室主任有些欣喜若狂。他问县长再叫不叫人，叫谁合适。秦怀德回头一笑，说："你说呢？我没圈子，谁都行吧。"

办公室主任觉得县长轻松这么一说，他倒紧张起来。县长不是傻瓜，下来几个月，多多少少嗅到了什么。在古城县，圈子很多，就连办公室主任自己也不清楚自己游弋在哪个圈子里。

汽车行驶了一段，在一个小巷里，办公室主任说到了。秦怀德开玩笑地顺口说："是不是把我引到黑猫旅社了？"办公室主任十分尴尬，他不明白县长这话的意思，有些诚惶诚恐地解释道："这是一个朋友家，与政治无关。"

秦怀德临时这么一决定，有些突然，办公室主任有些手忙脚乱。凭他多年的经验，他还是偷偷地给几个要害部门的局长、镇上书记打了电话，其中就有马随岁。他这么想，人嘛，见面三分礼，这黑天半夜只有自己一个人陪县长，显得人气不够。这个朋友是生意人，一时半会儿插不上嘴，不叫几个人，场子混不起来，也就不会有气氛。这是他办公室主任应该做的事，他得尽力。朋友毕竟是道上混的人，也见过世面，先是泡上好的茶，然后毕恭毕敬地问秦怀德，要不要来点酒。

秦怀德参观了这个僻静小巷里的房子后，觉得主人是精心设计和布置的，他不想问主人是干哪行的，但他明白主人的实力不错。办公室主任也不敢表态，这样的夜，这样的环境，秦怀德悠闲地品着茶，没说话。

主人从另一间房子里取来一瓶茅台，酒瓶一拧开，一股回味无穷的酒香弥漫在整个房间里。秦怀德明白这酒不仅货真价实，而且是老酒，这味道真的久违了。

一会儿，有人敲门，不知甚时间办公室主任把电话早就打出去了，饭馆小伙计提来一大堆菜。

秦怀德说："这复杂了吧？"

办公室主任嘴唇一抿，说："一点也不复杂，难得县长有闲空，我这朋友要尽地主之谊。"

"那是，秦县长能来，我这寒舍真是蓬荜生辉呀。"主人接着说，"酒已经倒在酒盅里了。"

秦怀德也不客套了，一切顺其自然吧。然而，一喝上，这方向盘就不由他把握了，何时走何时停，进入了古城县特有的议程。怎样开头，怎样结尾，客随主便。大家也没了矜持，没了官腔。灯光下，一派喜气洋洋、其乐融融的景象。

办公室主任这才发现秦县长好酒量。他喝酒的姿势十分优雅，酒盅到嘴边轻轻地一抿就底朝天了。马随岁半路来的，他小心翼翼地倒酒、端酒，眼含敬意。秦怀德有些奇怪了，问："怎么，鸿门宴？人越来越多了。"这种问话十分淡然，不是喝高了，也不是漠视，多少有些疑惑，更多像是幽默。

马随岁有些为难，还是办公室主任解围说："迟来的，喝三杯再敬酒。"

马随岁十分干脆，一口气喝了三杯，热情似火地说："秦县长叫我喝，多少也得喝，喝酒看人品，就说一个真诚。"

办公室主任笑了："豪言壮语开始了，拿稳些。"

秦怀德也有些酒意了，他给马随岁倒了一个豪华杯说："马书记，凭你这话，我今儿破例了，咱甚话也不讲了，关于陈家山，我们恐怕要动真格了。"

秦怀德先一口就干了一大杯，这让马随岁稍犹豫了一下，他觉得没退路了，一仰脖子干了。这举动，让一旁的办公室主任目瞪口呆。他晓得，马随岁豁出去了，真的舍命陪君子了，平日里，他要耍奸溜滑根本不可能如此干脆地喝酒。

秦怀德的眼神依旧饱含深情。他继续倒酒，一边表明他的意图，说："大家共同来一下，人生嘛，甚事也有。感谢大家的支持，我欠大家一顿酒。"

马随岁酒劲开始起反应了，他非常激动，每听一句，他都一个劲地叫好。办公室主任戳了他一下，示意他停止。

秦怀德看不出来醉，他站起来，抱了抱拳头要走了。本来办公室主任准备借此和县长拉拉话，机会难得。可是，看他的样子，完全没有跟大家拉话的样子。那么，关于陈家山的问题，还有自己在年底换届能不能提一格的问题，也就没办法说个究竟了。

这天晚上秦怀德睡得很死，大概是酒的作用，没有再思考那些乱七八糟让他烦心的事，他醒来也是手机吵醒的。秦怀德打开一看，是老婆打的，他"嗯"了一声，还觉得头有点晕，眼皮有点重，老婆在那端变成了一台讲话机了。她说一晚上打了十次电话，无人接。还说自己心里多着急多担心，打办公室主任手机也关着。还说没回家多久了，也不问问老婆孩子怎样。老婆一连串的问题和埋怨，甚至是指责，没容得他有开口的机会，一直是她一个人在讲。他坐起来，觉得肠胃在体内互相扭转，他没吭一声，开始反思，突然觉得和老婆孩子疏远了，这让他内疚。

紧接着便传来几声敲门声，秦怀德不知是该应承老婆还是应承外面敲门的人。他三下五除二穿好衣服，走出卧室到门口打开一看，是陈二果。

秦怀德本能地迟疑了一下，他丝毫没有让陈二果进门的意思。陈二果干笑了一声，有些不自然地说："秦县长早，有点打扰了。"

"有事吗？"秦怀德这才让开来说，"陈书记连个天明觉都不让人睡。"

进来之后，陈二果转了一圈，看看书架，又看看墙壁上的一幅书法作品，十分好奇地说："秦县长是个文化人嘛。"

秦怀德想，这个陈二果搞什么名堂，大清早的让自己不安生。但他还是哈哈大笑："都是人家前任留下的，我还没顾上换呢。看来，陈书记平时爱读书呀。"

"读个屁，不瞒你说，初中凑合毕业。"陈二果掏出烟递过来。

秦怀德没接，他示意陈二果坐下来。

陈二果有些不好意思地把烟装进口袋里，他坐下来，依旧笑着，说："陈家山的事给县长添麻烦了。"

"你有新想法？"

"不成熟。"

"你是名人，关键时刻自己要扛起责任来。"

"我？是的，一定得扛。"

"群众的风言风语，你大概也听到了吧？陈书记，基层工作不是简单地靠义气，更不能靠家族势力，一定要有原则。"

"那是，不过，有些群众就是瞎折腾。"

秦怀德话题一转说："陈书记，你先坐，我洗漱一下，你也太早了。"

陈二果忙点头，见秦怀德走进洗漱间，他在沙发上坐不住了。见此机会，他急忙从衣袋里掏出一个信封规规正正地放在办公桌中央，悄无声息地走了出去。

秦怀德洗漱完走出来不见了陈二果，心里开始疑惑，觉得此人太没礼貌且对人不尊重，竟然连一声招呼也不打，这种不辞而别的行为，让秦怀德顿生闷气。不知是事前听多了有关陈二果的种种劣迹，还是自己有偏见，反正，秦怀德总感到此人想瞒天过海，且来路不正，他的意图不明确，是不是有试探的味道？

通信员推开门说早点好了，生闷气使秦怀德没了食欲。他回到桌前准备看一下今天的安排，这是他工作的方式，每天的日程头一天晚上记到记事本内，以便自己第二天不误事。当他要翻记事本的一瞬间，突然发现了桌子中央的那个信封。

秦怀德不由得心一惊，甚至感到自己打了个冷战。信封没封口，里面倒出来一张银行卡。

秦怀德顿时明白陈二果为甚不打招呼就走了。他像受了侮辱一样，有些发疯甚至发狂地把信封摔在桌面上，脑门心都开始冒汗。他自言自语骂着："狗日的，把老子往泥潭里拽！"

这种意外让秦怀德觉得恍惚，他没想到陈二果竟是如此下流之徒，竟如此明目张胆贿赂自己，可见背后有多大阴谋。他以前一直认为，人大都是善良的，所谓的小人都是特定环境下的产物。现在，他怀疑自己是不是有些天真，在改变这个看法的瞬间他觉得自己的处境相当危险，这种逆转是翻天覆地的，这里不会是鲜美和亲切，也不会是温暖和友爱。一个巨大的陷阱就在前面，迈一步，就是粉身碎骨。也许，不迈这一步，也会身败名裂。这种毫无征兆而且无形的东西让秦怀德觉得自己被糟蹋了一回。

秦怀德这时情绪有些失控，他一个人自言自语地骂着，甚至有些咬牙切齿。他想，如果陈二果在面前的话，有一种冲动会让他做出不明智的举动，那便是扇陈二果几个耳光，管他陈二果是什么身份。一个农民脱胎换骨后的可怕可恨之处，竟然是全方位的，从他身上，秦怀德更能感受到什么叫随波逐流，什么叫拉拢腐蚀。陈二果的这一招，既阴险又毒辣，他身上有一种污浊味，特别呛人，让人窒息，叫人有一种说不出来的愤怒感。

投石问路，落井下石，秦怀德脑子里很乱，但很快闪过几个成语。他清楚陈二果是在试探。不用细考虑，陈二果就是一个十足的痞子。以他对陈二果的观察，穿着打扮，包括语气谈吐，和老实巴交的农民没有明显区别，但从眼睛里，还是能看到十二分的狡猾，跟别的农村干部不一样，陈二果更复杂些。他身上混杂着土气和锐气，既有见过世面的派头，又有农村人的憨厚、粗俗，但平日里又表现出那种傲慢和夸张，没有人猜得出他释放出的信号哪个靠谱。

秦怀德断定陈家山有事，这个陈二果也脱不了干系。

可眼下这个银行卡怎么办？秦怀德思想激烈地斗争着。他开头便想把卡直接交到纪检部门，但又一转念，不行，那就等于直接把陈二果给控制了。人嘛，有时候难免犯糊涂，要给他个改错的机会。秦怀德还想让办公室主任把卡给陈二果退回去，待陈家山的事弄清楚，究竟陈二果的责任有多大再说，这样想又觉得不妥，那就等于把陈二果的行径告知天下了。然而，这种下流无耻的行为，实在让秦怀德气得喘不过气来，已经给他造成了伤害，而且是人格上的侮辱。无论如何，陈二果的形象在他脑海里开始萎缩了。

秦怀德纠结一大早后，肚子已经被怒气撑满了。他最后决定还是把办公室主任找来。看着县长的脸色，办公室主任有些不知所措。秦怀德把银行卡丢到办公桌的另一边,那卡滑了一下差点掉到地上。办公室主任有些丈二和尚摸不着头脑,满脑子的雾水让他感到前所未有的恐慌。秦怀德手机响了好几次,不依不饶的。秦怀德连看也不看一眼,指着那个卡说:"太不像话了!这叫什么?明目张胆行贿嘛。我成什么了?是狮子呀,张开血盆大口就吃人?这是一个基层干部、模范,就是这样表现?你说,我是直接找检察院呢,还是放在全县干部大会上说?简直污蔑人!不,是羞辱!"

办公室主任冒出了一身冷汗。他不明白县长为甚发这么大火。

秦怀德的话没有停下来,话锋一转,对办公室主任说:"对于这样的人,不处理怎么能行?我们的风气,招商环境能好起来吗?"

说到后来,他有些激动,有些气急败坏。每讲一句,都会说:"我工作这么些年头,还头一回见这号人。"

办公室主任似乎明白了大半,可也不敢问,他对县长还是了解得太少。

秦怀德坐下来,稍平静了一下自己的情绪,说:"对不住,我有些失态是不?"

"没有。"办公室主任赶忙给秦怀德泡了杯茶。

手机这时候又响了,秦怀德这才拿过来一看,是老婆的,他问:"有事?"

老婆在手机那头说:"你有事吧?"

秦怀德看一眼办公室主任,说:"是有点事,你怎么晓得?"

老婆的嗓门明显提高了,说:"多少时不回来,人家传说你那边上访的一拨又一拨,你可要小心。"

"知道了。没事先挂了。"秦怀德挂了手机似笑非笑地说:"这还真摊上事了。"

办公室主任还是弄不明白意思。秦怀德一字一句对他说:"陈家山陈二果。"

办公室主任心里顿时明朗了。然而,再明朗也不敢对县长说半点建议，这个陈二果或许就要倒霉了……

天气说变就变，陕北进入冬季，飘来一场不大的雪，当地人叫凉风格潦雪。北风吹着，雪花飘着，人们都畏缩着身子，在街上明显加快了步子。市上换届领导小组开了动员会，立马有考察小组奔赴各县。古城县人又沸腾了一阵，他们猜这次换届老书记一定走，秦怀德才来半年多，书记的位子坐稳了。然而，再精明古怪的人也没猜中，老书记回市上了，秦怀德去另一个小的县里当了一把手。

这是谁也没想到的事，临走时办公室主任和几个局长书记送行，尽管人少，气氛还热烈，不知怎么搞的，开始还有说有笑，只一会儿便沉闷起来，大家谁也不说话了。

"对不住，我没把古城县的事弄好，让大家失望了。"秦怀德声音虽轻，大家都听出了分量。办公室主任说："提拔了呀，不像我，明年就离岗了。"听了这话，秦怀德感到自己身体里有股热流突然涌上来，从胸中到大脑，一直漫延开来，他觉得眼一热，差点掉出泪来。

是啊，朝夕相处，一天是一天，自己没干好，连累一大帮人，心里有些过意不去。这时，马随岁挤过来，有些语无伦次地说："秦县长，你是个好人，不然我也跟着陈二果毁了，虽然背了处分，那是应该的。"

秦怀德没回答，他摆了摆手，算是正式告别，钻进车的那一刻，他突然很想喝酒，一定要高度的。

他想先回家，然后去报到。

满目星辰

T42次列车开往北京。

我掏出火车票过安检时,意外发生了。检票员说:"你的票已经过时了。"

明明是14日的票呀,是我的记忆出了问题?不是,我看了好几次。然而,我还是错了,14日0点53分的确过去了。此刻,应该是15日0点53分。我有些不知所措了。检票员用异样的目光看着我,仿佛我是一个痴呆患者。我心里一急,浑身直冒冷汗,心想一个人独自出门又不是一次两次了,怎么会犯这样低级的错误呢?然而,过去我曾一再说自己对数字不敏感,脑子里从来不记什么密码、电话之类的东西。好像这些数字从来与我无关,有好几次去银行取工资人家让输密码我都输错了,最后不得不打电话问单位会计。还有好几次我把自己的手机号给别人说错了,人家一年半载联系不上我,见面怪我是不是有意这样做的。你想想,对于这样一个头脑不灵光的人,误一次火车也就不足为奇了。

我急急忙忙去售票处补了一张15日0点53分的车票,没座,检票后上车只能站着。当一个人站在火车厢狭窄拥挤的走道当中,当看到灯光渐渐远去,尽管车厢里的人十分吵闹,满车厢的汗味直扑鼻孔,但还是能体会到孤独和清冷。

我相信，只要坚持到下一站，一定会有空下的卧铺或座位。

T42次列车正提速在铁轨上飞驰着。

我挤过人群，就像正从一条狭窄的缝隙里硬钻出来，全身早已大汗淋漓，如被水浇灌了一般，大口喘着气，好不容易挤到补票的那节车厢。问："有卧铺没？"答："无。"我失望地站在那里很久，总想着会有奇迹出现。在这苦不堪言的凄凉行程中，我只能两眼迷离地望着车窗外，是什么希望叫我如此坚定地要去远方？外面偶尔有闪烁的灯光掠过，我确信，这年代执意要挣钱或当官的人会笑掉大牙。

两条腿像灌了铅似的沉重、麻木，甚至没了知觉；整个肉体无比疲劳，内脏感到一种撕扯。火车有节奏地响着、前行着，我不知自己的承重点应该放在哪儿，左脚、右脚，或拿出报纸铺在冰凉的金属板上，像许多劳累者那样，睡在过道上？时间在此刻让人觉得难熬，越是不松懈，越觉得黑夜漫长。在某个节骨眼上，睡眠的神经连续几下关闭，但我并没有因此而崩溃，好在有人喊再出三十元钱可以到餐车小坐。没错，我快要倒下的身体，内部的希望集中燃烧，眼前一亮，谢天谢地，只要能坐一会儿。

我无法对任何人倾诉这样的狼狈，虽说别人也不会在意琐碎之事。然而，有时个人意志的力量是不容小觑的。从农村、土地、城市、马路等一系列的地方经历风吹、雨淋、饥饿、病痛、无助以及孤独，甚至绝望和难以预料的危险和考验，到现在，我的意志还是如此。

我是一名公务员，大学毕业后考上的。当初有许多人羡慕，这后生还行，有出息。在小县城，还是一个贫困县，有这份稳当的职业算是烧高香了。将来从科员、局长、县长一级一级干起来，也用不了几年工夫，前程似锦，风光无限。有时自己一个人静下来也这么想，干行政这一行，不光要有真才实学，要会做工作，而且一定要出人头地，不然到退休年龄还是个跑腿的干事，脸上肯定无光，说不定还有人指指点点说某人一辈子一事无成。我当然不愿把自己的未来想得这么糟糕。农村考出来的，不容易，全家人都指望着从我开始改变命运呢。然而，我还是有些天真，工作几年了一无所成。你要知道，现实生活不是想象的那么顺畅，明显地，我进不了一种工作状态。于是我开始失眠，患上了严重的神经衰弱。黑夜里睡不着，我只好看书，一看书又激动又兴奋，竟然心里头死灰复燃，操起了在大学里爱好文学写作的旧刀，有时到凌晨两点多还趴在桌子前写作，那种冲动把我带到另一个世界，想成名成家，谁稀罕什么公务员、局长、县长。我知道这样会走歪，不一定成功，可就是忍不住。

两年前我发表了一篇不足三千字的小说，偶尔还发了几篇散文。单位人开始用异样的目光打量着我——那一刻，我自我感觉良好。在行政单位上班那种无聊至极文来文去的游戏规则里，我已经脱胎换骨了。那种目光更加照亮了我早年拥有的某些镜头，同时也会叫我想起许多陈年往事。我坐在办公室常常走神，甚至有时领导布置工作我也没有记下，老是稀里糊涂地交差，接下来可想而知。领导语重心长地说："年轻人呀，要上进。马里马虎怎么能弄成事呢？"

这是批评吧，也许是提示或警告。我一直没有理会，反正单位许多人都闲着，无事可干，这种环境下，我不浮躁也得浮躁起来，心里不踏实、恍惚，起初的许多指望全消失得无影无踪。剩下的，便是孤寂。

当我与群体脱节时，不得不想起曾经的岁月，有的画面变得如此温馨、如此纯净。那些画面让我原本冰冷的心感到了温暖。往事与人、村庄与山路、树木与河流，在芸芸众生中，许多的人和事都成了一张张清晰的画，也成为我区别他人的信息，怎么也抹不去忘不掉。前面是什么，我真的无所谓了。

现在，我坐到了餐车的座位上，麻木的双腿稍有舒缓，血液开始畅流。已是下半夜了，我竟然完全没有睡意，眼睛环视着整个车厢，七倒八歪，各种睡相，谁也不认识谁，整个车厢人的脸庞除了陌生还是陌生，有打扮帅气得体的，也有几个穿着脏兮兮的工作服，有一人干脆睡在走道上，嘴角流着口水，有时还长长嘘叹一声，似乎整个身体的劳累与乏困都被这口气吹出去了。我一直这么看着。黑沉沉的夜，那样亲切与坦率，让我过滤着从前。也许，像别人说的，一个真正的男人一定在路上。

我旁边坐着一个二十来岁的小伙子，他从包里掏出易拉罐啤酒不停地喝，有时还不停地招呼左右几个年轻人和他一块儿喝。起初我以为他们是一起的，后来才知道不是。喝酒的小伙很兴奋，一个劲地说着他的经历。我听着那半生不熟的普通话，有时是陕北话夹杂着关中腔。显然，由于酒精的作用，他用吹嘘的口气说着他跟他老大一块儿拼天下的事，如今这帮小兄弟都爱这样说自己的不凡故事。其实车厢里没有几个听众，只有隔壁一位光头小子问他一些问题，他却越说越有劲，不管别人是否在睡觉。那种接近嘶哑的叙述，一点也不动人，而且语无伦次。他的话里描述着，他跟一帮哥们儿在北京是如何潇洒，如何从一个外乡人变为某区域的主导者，像许许多多从家乡走出去的打工者一样，仿佛摇身一变就个个是孙猴子了。其实，无论他怎样夸大其词，无论他说的是醉话还是疯话，从他的语气中我只感觉到一种无奈，一种凄凉，一种无所适从的尴尬。一刹那，我也随之困惑，如果我置身于偌大的城市，会是什么样呢？

有一阵车厢里很静，除了彼此的呼吸声与偶发的鼾声。车厢两边出现一团光亮，忽闪而过，车轮与铁轨碰撞的声音，显得那么生硬。如果我没有判断错，喝酒的小伙子并不具备在江湖上混的品质，消瘦的身材，黑黝黝的皮肤，目光有些混浊，让人不禁想起在县城某一角落蹬三轮的车夫，说起来一套一套，雄心壮志，看似十分强悍，其实内心十分脆弱。

"神经病。"有人低声说。

我没在意，事实上全身上下所有的神经与细胞早已松松垮垮了，平日舒服日子过惯了，一点苦都受不了。此刻，我无法入睡，整个世界隐入黑洞，车窗外没了界限，只有单调的、枯燥的车轮与铁轨的碰撞声，这声音一起一伏，在黑夜里异常清晰。

有一会儿我脑子有些迷糊,伏在餐桌上硬合上眼睛,什么也不想思考,什么也不想听见。可是,大脑摇曳着无法静止下来,所有的挣扎都是徒劳的。此刻,过去的时光在黑暗里渐渐又恢复了形状,仿佛变成了极具攻击性的食肉动物。车厢里的安静始终没有使我安静下来。相反,我突然间有一种要扯着嗓子大喊的冲动。

没人理解我此时此刻的心情。

我拿着公务员录取通知书去报到的那天,要比拿着大学通知书兴奋得多。大学通知书拿到手时,母亲见人便说自家的儿子考上了省城的名牌大学,村里人都说这老吴家三小子还真能行。这种荣耀与光彩没持续多久,剩下的便是父母一脸的忧愁和无奈。我晓得,家里穷得叮当响,兄弟三个靠父母省吃俭用拉扯大,光景如何可想而知。就这样,父母硬是把大哥二哥供到高中毕业,因为穷,两个哥哥都放弃了高考,早早出去打工。我晓得,全家人唯一的希望寄托在我身上。然而,这种近乎钻心的疼痛让我没有一刻能缓解下来,我告诫自己,努力、不懈地努力,这样做是为了家人的希望不要破灭。我经受不住他们的世界因为缺少我的努力而坍塌。我也晓得我的重要性。他们那么慈祥、和气,给我关心,甚至宠我。这让我没有喘息的机会,始终有一个目标在支撑着我。有时,我无奈地小声呻吟,企图减轻压力与恐惧,既希望有这种压力,又渴望它赶紧消失。

我的家乡是个穷地方。

当年我考上大学最终还是接受人家资助才去报到的。县上有关单位举办了一个贫困生捐助仪式,我站在贫困生人群中,脸上毫无表情,心里却在想,自己为什么要穷呢?为什么要别人资助呢?看着被资助学生一张张茫然的脸,我想他们一定有和我一样的心情。仪式很隆重,领导讲话,大都是希望我们学业有成、回报社会之类的。受助学生代表发言时,那个小女孩操着本地的醋熘普通话,眼圈有些发红,一看便让人心生怜惜。她说她一定不辜负父老乡亲和领导们的希望,大学毕业一定回报故乡。大家都鼓掌，心情激动。我凝视着这一切，眼里不知是悲伤还是庄严。还有，不知有什么要命的东西堵在胸口，连出气都有些困难，我拿着装有人民币的信封，越攥越紧，生怕掉在地上。此刻，我晓得了什么叫分量。从那一刻开始，我心如刀割。

　　我曾不止一次试图说服自己，一个贫困家庭的孩子，接受现实吧。但是，我一直没能说服自己，心总是在半空悬着，好像这辈子便开始欠债了，就像不散的游魂纠缠着我。

　　所以，我很孤僻。

　　起初，在大学我像一个笑料。在天南地北的同学中，我浓重的陕北口音让同学们百思不得其解。后来，我尽量学说普通话，然而这话一出口自己都觉得古怪又生硬，就像天生有缺陷的人一样，我一开口，大家便笑，甚至有同学说："你还不如不学呢。"我觉得也是，每个字说出来都是阴阳怪气的不知什么味道。这样，我越来越自卑，有些怯生生地看着同学，甚至都不敢直视他人。

　　这是我走出农村走到省城最头疼也是最尴尬的事，甚至可以说有些屈辱。我和宿舍里的哥们儿混不到一块儿，除了语言上的隔阂外，他们礼拜天一块儿喝酒吃大餐，我奉陪不起，自己知道，兜里没有几个钱。如今一想到上大学时的情景，还有从别人手里接过资助来的钱，我便想哭。

　　一年后，我在读大二的时候，因为学习成绩突出，班里的同学一脸愕然，他们惊奇地发现，这个来自陕北农村的家伙非同一般，尽管平时穿着不讲究，而且十分吝啬，处于这样辛酸的处境竟然每门功课遥遥领先。更叫他们刮目相看的是我在校报上发表了一整版的文章，宿舍里的几个哥们儿对我的态度明显有了一些改变，他们嬉皮笑脸地跟我说："才子，都怪我们有眼无珠，有眼不识泰山，我等鼠辈目光短浅，小看了你。哥们儿，咱们应该好好交流交流。"

　　我和他们没法交流。所以，我还是孤独，我之所以要坚持，是因为要出人头地，这种酸楚只有我自己晓得。家里养的猪、羊全卖了，粮食全卖了,所有省吃俭用攒下来的钱都给我寄了过来,我只有不屈不挠,和自己与生俱来的短缺斗争。至于那些讥笑、挖苦,我在乎不在乎全一个样。我觉得这才是生活,我的人生注定要这样走下去的。因为我觉得,这些就是农村人命运的一部分,也是我自个儿命运的一部分,同样是不可回避的人生。

看起来我考上大学是从农村挣脱出来,离出人头地或光宗耀祖的日子不远了。然而,从校门一走出来,拿到那张毕业证书才晓得,社会冷不丁地还会让你付出代价……

不知是长时间的坐姿让我浑身乏困,还是脑子里胡思乱想,我还是毫无睡意。火车不慌不忙地在夜里穿行。餐车里人大都昏昏欲睡,旁边那个小伙子不时地从背包里翻着,一会儿吃零食,一会儿又拿出易拉罐装的啤酒,他见我一个人呆坐着,有几分友好几分醉意地递过啤酒说喝两口吧。我摇了摇头,他有些扫兴地说:"你是干部吧?"接着他拉开易拉罐,继续独自喝起来。

其实,在平时,我和几个要好的朋友会在小酒馆喝酒。然而,有好几次因为某一个人的"酒风"不好,大家没心思在一块儿喝酒了,我更是如此。

喝酒不光伤身体,更要命的是跟志不同道不合的人一块儿喝往往会闹出别扭来,有时一个月工资下来,三朋四友相互一顿乱请,钱剩不下几个,别人还说是一帮狐朋狗友,狼狈为奸,没个正形。何况,我是从农村来的,左右没一个亲戚在城里做事,也就是说没一丝一毫的社会资源。如今在社会上打拼,不是靠自己的本事,要有外力,像我这样家境出身的孩子,能到公家上班就是烧高香了。也就是说,不用做一个风吹日晒的受苦人,已经脱胎换骨了。而一个无靠山的人,都会觉得当了公务员还是有些底气不足。

如今这种就业环境,我的工作别人能不眼热吗?我细细想过之后还有一种莫名的恨,所有的愤愤不平不知往何处撒,这种情绪便影响了工作，单位上不少人私下里议论，似乎觉得我精神有问题，至少智商有缺陷。要不，近三十岁的人了，没结婚，又没有女朋友，至少，人脉要广呀。我什么也没有，在这种氛围里，我心情能好吗？就像在大学里一样，我始终认为上学时接受过别人的赞助是自己的软处，那种感觉像做了贼似的。在这个物欲横流的社会里，我一直有如此感受，自己的所有理想既孤苦伶仃又软弱无力，一个人的力量在粗糙的生活中显得苍白无力与不堪一击。社会有时有嫌贫爱富的理由，要打破这种程序，一个人的努力是微不足道的。我就是社会的另一类。这样想有些太悲观了。但我老觉得，别人的眼神、语气都充满了对自己的悲怜或看不上，我曾力图改变这一切，自嘲地为自个儿宽心：世界大了，什么事情都会有，天底下比自己条件差的人有一大群呢。从乡下走出来的痕迹已烙在身上了。但，我不服气。

　　我这样的表现让周围的人感到怪异，一个大学本科生如此不会生活。融入不了社会意味着什么，他们清楚，我当然也清楚。有同事曾委婉地劝我随波逐流吧，虽然现在是彰显个性的时代，但太彰显了，就成了另类，到头来自己吃亏。这种时候，我便觉得内心有一种酸楚溢出来，我在心里对自己说："成了一个另类，考公务员干吗？"

　　就在我十分纠结的时候，我遇上了晓小。这也许算是我的初恋，更像是一夜情。之后，我们各奔东西，谁也不搭理谁，好像什么事情都没有发生过。

　　这件事发生后，我更加陷入苦闷与迷茫之中，一段爱情，刚开始便结束了，我突然觉得还是自己有了问题。

　　晓小是我从网上认识的，像许多网恋者一样，我们抽空聊天，彼此解除自己的孤独。有一天她突然提出在省城见面，我竟鬼使神差地答应了。在这之前，我从视频里看到她，光彩照人，一副妩媚可爱的样子，她很年轻，明亮的眸子里有一丝令人难以捉摸的妖娆，让人联想起酒吧里那些千姿百态的姑娘。

　　我们是从各自居住的地方到达省城的一个酒店，站在房间里的那一刻，晓小还有些羞涩。我突然觉得这女孩非同一般，心便开始怦怦乱跳，总觉得自己如此唐突有些不妥，一个备受歧视的人，一个充满自卑的人，以如此的放荡去掩饰内心的虚弱，是不是太轻率，甚至有些自暴自弃呢？然而，晓小呈现给我的却是异常的安静。她看着我说："这样子是不是不习惯，有些轻浮草率？"

我喘着气，胸口堵了什么东西似的。夜晚时分，省城的街道人来人往，借着外面的灯光，我感到有千万只眼睛盯着我们，心还是虚了一下，有些怯懦地说："可能吧，我从来没想过这样。"

晓小在房间里转了一圈，她给人鹤立鸡群的感觉。不知为什么，我从这个女孩子身上，看到了活力四射的青春是如此美丽。而我，从始至终都有些颓废。

我们彼此说对方的优点，欣赏对方能在这个物欲横流的社会里保持自己的风格。我从她说话的表情、姿态，渐渐喜欢上了这个女孩子身上与众不同的气息，我感到激情澎湃。我突然产生了一个强烈的念头，我想和晓小谈恋爱、结婚，我的灵魂瞬间获得一种上升的力量。可我又想，如果爱情如此轻而易举就能获得，那么一定会容易破碎的。

接下来我们还是难以控制自己。起初我们只是拥抱，相互温暖着。晓小说自己不想这样草率地把自己的身体与贞洁献出去。我的心便开始隐隐作痛，仿佛自己成了一个色魔似的，我有些心灰意冷，想放弃，大概晓小似乎感觉到她已伤害到了我。她委婉地对我说："其实我不是那个意思。"

"什么意思？"

"我是说我俩会好下去吗？"

"你说呢？"我感到躺在身边的晓小面容模糊，自己也开始不真实，灵魂仿佛已出窍。

晓小爬起来，她用身子半压着我，长发散落下来遮住她半边的脸。她说这生活有时真的莫名其妙，自己老是想体验一次魂飞魄散的感受，她平时没有这种感觉，想象所有男人只是心存邪念，想占有女人，如果肉体接触了，神秘感没有了，心就又飞到另一个女人身上了。她问："你是不是这样的人？"

我有些轻微的晕眩，心脏急促而近乎狂躁地要蹦出来一样。我突然产生强烈的愿望，所有的一切放弃吧，和晓小恋爱、结婚、过日子。这样，在别人眼里自己便再正常不过了，还有村里人的疑问也从此被埋葬了，父母也好神气十足地抬起头，可以正视一切。

我借助着晓小的身体迅速获得一股力量，一瞬间就像被施了魔法似的全身血液鼓噪涌动，势不可当。面对晓小的脸还有她的肌体，我才觉得自己有些陶醉。

"我不管以后是什么，我现在要和你好。"

"看来你太饥饿了。"晓小亲吻着我，脸上洋溢着一种鲜艳的色泽。

我什么也不顾了。晓小没有再说什么，她为了让我满意，尽量配合着。在这个激情澎湃的夜晚，我的理想、我的写作、我的名利，都与我的身体分离。

晓小始终闭着眼睛，我猜不透她的心思，也不明白她是否开心，她和我就这样毫无顾忌地把自己全盘托出，无论是放纵还是心甘情愿，接下来让我俩都吃惊的是，怎么能有如此行为呢？

实际上，我们骨子里还属于保守的那一分子。

因此，接下来我们两个彼此心照不宣，像过路人一样，各自在心里盘算着。也在这混乱而恍惚的时间里，晓小搂住我脖子，凑近我的耳朵轻声说："后悔了？"

这让我大感意外。什么意思，晓小后悔了吗？我突然产生了强烈的逃脱愿望，赶快离开。我们不可能有第二次了。

"除了我，你以前也这样吗？"我说出口又后悔，这话问得别扭。

"你说呢？"晓小睁开眼，侧起身子看着我。

我能说什么，我敢发誓，也敢保证这是我的第一次。然而，眼下的生活，这个世界，真叫人捉摸不透，也永远弄不明白。比如，我为什么要约晓小，为什么仅仅在网上聊了几句就相互信任？其实，我大概是自作多情。因为在单位压抑吗？或者说自己怀才不遇，心里憋屈，想找一个合适的人倾诉、发泄？那一阵子，我甚至觉得自己灵魂与肉体在一瞬间完全剥离了。

我们第二天分开了，没有说再见，也没有痛苦，完完全全像两个陌生人一样，谁也不想记得我们之间发生过什么。但我看见，当晓小转身离去的那一刻，她的眼睛里有了晶莹的泪水。

我的心稍微震颤了一下。

那个秋天很快在我的无聊中过去了。我曾试图在网上再寻找晓小的影子，但没有，她就像在人间蒸发了一样，掐断了所有的联系方式，这让我感到这个世界也不真实起来，虚拟的生活，虚假的人生，产生的失落感导致我老处于恍惚之中。在单位，领导用异样的目光打量着我，有个别同事还好心地问："没那么大压力吧？"

我说："我有什么病态吗？"

"没有，不过……老走神。"同事摇头，迅速走开。

我很难过，命运有时就这样爱捉弄人，我老是渴望自己能美梦成真，可生活中任何一件事都无法绕过去，我想百分之百地从生活琐事中摆脱，做一个纯粹的写作者。可是，绕过一些悲伤和遗憾之后，我没有丝毫欣慰……

T42列车在黑夜里继续行驶，餐厅里昏暗的灯光下，形形色色的人七扭八歪的像蔫了的黄瓜秧，脑袋随着车厢的晃动而摇晃。有几个彻底地趴在餐桌上，身体像麻袋一样堆放在那里。餐厅里的油味、汗味、酒味、脚臭味混合在一起，让我难以忍受。我不自在地调整各种姿势，还是觉得全身的骨头散了架似的。我试着侧转身子，扭头朝车窗外看，车窗外不时地闪过一两个村庄，还有大一点的城市。根据灯光的不同，我想象着这些村庄或城市的样子。偶尔有一列火车从对面开过来，挟带着气流，还有风，车轮与铁轨间沉重有力的碰撞震动着整个大地，铁轨上似乎有火花溅起。只一会儿，一切都归于平静。对面那小伙突然站到我面前，一脸的醉意。他先是一笑，接着把手里的一罐啤酒递了过来，我转过身来，瞥了他一眼，又上下打量了一番。小伙朝我笑笑。我也朝小伙笑笑。我恍然大悟地说："你喝吧。"

小伙咕哝一句，昏暗的光线下，我努力看清这张脸。瘦削、黝黑，再普通不过了。我猜测他的职业：在北京混，但混得不很好。他起初的那些表白是底气不足，喝酒，是为了掩饰自己的软弱。

我不也是如此吗？

我在单位挺失望的，过去考上大学，自以为又会写点文章能让人刮目相看，后来大学毕业就业万分困难，我又没里没面地凭自己的本事考上了公务员，尽管通往官场的道路漫长，但我对自己还是充满信心。上班几年我在政府大院混个脸熟办点事，至于写作，这种事说不清，成功失败都是一半，没准某天自己的作品刊登在某个名刊上，引起文坛关注，也保不住一下子改编成电影电视剧引起轰动。有人曾戏弄我说，这样下去若大器晚成也值得。我听后开始悲观，这明明是讽刺嘛。每天我对着电脑，敲打几行字，有时盯上一天，一个字也敲不出来。这境况我有些受不了。

是我的写作生涯该结束了，还是仕途该结束了？

家在农村的父母万分焦虑，他们不时地进城来问我娶媳妇的事，起初我应付着，后来有些烦躁，总觉得如今是什么年代了，这样的事父母还操心。有一次，父亲丢下一句话让我心情沉重了好久，内心压力从始至终化解不开。每当想起父亲那张失望至极的脸，我脑袋只有一个画面，一个卑微的我躲着父亲的目光，我觉得父亲的表情与话语像尖刀一样直捅自己的心脏，只要稍微轻轻动一下，鲜血就会涌出来。

犹记得那一天，父亲用诧异的目光盯着我，脸色变得越来越乌青，他铁骨铮铮一辈子，怎么就生出来我这个现世报。他说话时候连嘴唇都颤着。他说："你把老子的脸面都丢尽了，念书念成了一个憨汉！"

我渐渐开始变虚，说不上是因为哀伤还是疼痛，只是咯噔一下觉得自己给父母争不了光。在他们心中，一个曾经让他们骄傲的儿子已经残缺不全了。

问题是，想当一名公务员是一回事，能不能攀升是另一回事。众人的期盼值在于你能不能被提拔，如果你没有被提拔，说明你的能力有问题，或者领导不赏识，组织也不重视，你整天就是个跑腿的，填个表格，发一下材料，布置一下会场，跑前跑后没一点实际的工作可干，这样一辈子就等于碌碌无为，一事无成。我当然感到不好，看别人这么干，好像都是应付，没有目标。然而，就这样听着那些陈词滥调，都得往心里记。我弄不清这些复杂的关系。反过来说，我能当作家吗？能写出作品吗？这生活里太多的奥妙，太多的无奈，太多的哲理，不需要我这样的人来诠释。小县城，这么多吃公饭的人拥挤在一起，除了寒暄拜访，就是请客送礼，人际关系固然重要，可缺少的是真心实意，没了这一点，你是什么？不晓得，我只是一天一天地想结束这种生活，自己融不进去，躲开不行吗？

有了这样看似怪异的想法，我发短信给外地的亲密同学，许多同学回短信说彼此一样，大家压力都大，别以为外面世界有多美好，大城市的房价更高，爱情的筹码更大。现代化是别人的，你一个小小的公务员，只有努力拼搏的份儿，到时候，拼搏得差不多了，青春却一去不返了。

这让我更加沮丧。

有人劝我说你首先是公务员，然后才是作家，现在是什么年代，写写画画有人看吗？作为爱好是可以的，但写作绝不可以当饭吃。我说我晓得。虽然心里总是不认输，但我又不得不面对现实，直到有一天县上的一位老作者拿着自己出版的新书找到单位卖书才改变了我的看法。老实说对文学充满了敬畏的我第一次看到那位老作者的窘相和尴尬。单位领导连看都没看一眼作者的书就说："现在谁看书？你们没事写那些爱呀恨呀，我们要开会、下乡、检查，这一摊子的事，有那个闲心吗？"这场景在我的脑海里挥之不去。我还想当作家？一个不知天高地厚的毛头小子，我明白，太难了。还有，不得不承认，我内心的那种强烈欲望正急速下坠,接着备受煎熬,起码天天在做噩梦。

当然我不会放弃,在自己租的那间房子里,上下左右都堆满了各种书籍杂志,稍有空我便坐在那台老式的电脑前,敲打出不算太差的文字。有时自己觉得进入了着魔的状态,我的文字总跳跃出一些新的东西来,我把自己所熟悉的生活,解读出别样的感受。心灵与生活在不断碰撞磨合之后,文字里有了许多文化的内涵。我还是坚信,自己安身立命的东西就在其中。

我打算把写的东西全部发出去,连续几天几夜我都在琢磨这个事,就单从作品的生活气息而言,我觉得有慧眼的编辑肯定能发现的,我看过不少杂志发表的作品,干巴巴的没生活气息。我想,那些大师待在大城市里,远离基层,接不上地气,作品也不过如此。这么一想,我对自己又充满了信心。当然,我不能跟任何人说这些,同事们忙着进步,忙着购房,忙着买车,忙着供孩子上学,即使给人家说了他们也说不出道道来。对于领导,我更不敢造次。看着我上班无精打采的样子,领导有一天突然来我办公室,递给我一支烟,自己抽上一支。他和县里许多部长局长们一样,问我:"生活还可以吧?对象怎样,瞅好了吧?甚时候办事?一定要办得风光体面,有什么困难需要单位出面尽管说。"关于人事上的问题,他说县里快考虑了,好好努力之类,最后才转了话题说:"一个人吃上要注意点,你看你无精打采怎么行?年轻人,要有精神,像你这样的高才生,咱县上能有几个?你那个写呀画呀的不要误正事。"

单位里有几个房间传出说笑声。女人们聚在一块儿,总是有扯不完的话题。我看着领导从门口走出去后,心里很不是滋味,我的工作是不是有什么失误?领导发出这样的感慨,我怀疑自己是不是有些贪婪?虽然我不喜欢这样的工作、这样的环境,但毕竟是许多人追求向往的生活呀!没后顾之忧,才能超越自我。许多学哥学姐学弟学妹们还在漫漫的人生道路上寻找一个可以容纳下自己的地方。求职如此艰难,我应加倍珍惜,可有时候我根本不明白自己在干什么。在等待发出去稿件消息的日子里，一位好心人给我打电话说，论辈分我要叫他叔。他讲了一通我们之间的关系，最终说他们单位有位叫马艳芬的专科生，是单位会计，她父亲去世了，只有她和母亲，而且母亲改嫁给了本市一位副市长。我说："叔呀，明白了，给侄儿介绍对象吧？"电话那头嘿嘿直笑，说："哎呀，怪不得整个政府大院都说你超天才超聪明。"没等叔说完，所有的一切我都弄明白了。

难得有人这么关心我。我心里忽然间得到了某种温暖的安慰。透过窗子，发现外面的阳光正在爬高，暖洋洋地照着对面的楼房、窑洞、树木。在很短的时间里，我脑子里翻阅着所有在县政府大院上班的人的面孔，特别是女的，那些绚丽闪烁的细节中，怎么也没有闪出一个我想象中的人物，俊俏、温和、平静的模样。

我答应那个自称叔叔的人去见相亲对象是因为自己真的不小了。加之父亲那天走后的凝重绝望让我压力倍增，一个人长大了，却什么都做不好，让父母操心是件最悲凉的事，我必须证明自己的能力。等待生活转机的时候，在一个充满希冀的夜晚，我和那个马艳芬相对而坐，我突然想起自己从前的那次越轨行为，顿时身体瑟瑟发抖，无论如何也控制不住，接着出汗，冷汗，完全没了定力。

"你冷吗？"马艳芬抿着茶水，怔怔地看着我。

我觉得自己颤抖得愈发厉害了，思绪愈发凌乱。说话竟然沙哑得连自己也听不清楚："没事，紧张吧。"

"你叔说你平时喜欢写文章，是考上公务员的？"马艳芬身上散发着香水的味道。

"这小地方，公务员也不过如此。"我稍镇定了，偷偷看了一眼马艳芬。

"比我强了，我是安排进来的。"

"那你有硬背景？"我有些惊奇地打量着马艳芬。人长得一般，挺瘦，皮肤很好，光滑亮嫩。我想，一个没有父亲的专科生，怎么就进了行政单位呢？

"也没有。机会吧。"马艳芬说这话的时候眼神恍惚、飘移。

我想起马艳芬的母亲不是嫁给了副市长嘛。

我瞬间产生了不知是羡慕还是嫉妒的情绪，现在的世事真的越来越难以捉摸。我这才正儿八经地看了马艳芬的脸，发现她睫毛不停地轻微晃动，嘴唇十分润泽，像刚吃过带油的东西一样。这让我浮想联翩。

"不信。"我摇了摇头。

马艳芬的脸明显地变了一下，似乎潜意识里想说信不信由你吧。稍后，她又抿了口茶水，两只手小心翼翼地端着水杯看着我，这让我心虚得直冒汗。

"你打算在城里买房吗？"马艳芬问。

我一本正经地坐端正了，感觉浑身还是不自在。我沉默了片刻说："这个很重要吗？"

整个房子里的灯光很昏暗，一首接一首的轻音乐循环播放。据说这家茶馆在小县城算是有品位和档次的。灯光似乎从马艳芬背后很远的地方折射过来，她此刻变成了一个剪影，我无法看清她的表情，她怔在那里，思考了一下，脸朝右侧过去的时候，我突然发现她泪眼婆娑了。

"是的。你说呢？"马艳芬老老实实地说。

现在的社会没人能够阻挡住一个女人最基本的要求。即使我们再高谈阔论美好的爱情也没用，过去人们向往的爱情很难找到了，一无所有的男人要想得到女人的爱在此时行不通。就在我认为男女两个人首先要有爱再谈房子的事是可以接受的时候，社会已把我抛到九霄云外了。若要在大环境下认定自己走一条独特的路，而且是一条旧路，没人会理你的。我所幻想的生活停留在无奈与痛苦的十字路口。

我说："我想喝点啤酒。"

马艳芬似乎看出了我的心思，她犹豫片刻还是忍不住把内心的话掏出来："不好意思，头一次见面就说这些。不过，你应该能理解，我独自一个人，想将来有个安稳的窝不为过吧？"

我十分理解马艳芬的处境。但无论是经济上还是仕途上背着沉重心理包袱的我,是无法安抚和讨好一个孤单的女人的。毕竟在人们拼命追逐物质生活的日子里,谁愿意输在起跑线上呢?更何况,未来幸福的生活还要靠两个人同甘共苦。我本想说可以理解,可是,我发现马艳芬把目光从我脸上移向了别处。

也许,一切都是未知数。也许,在这种场合下,谈别的都是多余,我们应该谈怎样生活。

"看来,我们没有多少话要说。"马艳芬回过头看着我打开啤酒盖,看着我往杯子里倒啤酒。她接着说:"我还以为一个写作的人,情感一定是丰富多彩的。没想到,一套房子就把你吓瘫了。"

这话,让我惊愕且无言以对。我们陷入了一阵短暂的沉默,我游目四顾,这才发现一对对情侣叽叽喳喳,兴高采烈,这让我有些失落。我心急火燎地对马艳芬说:"误会了,不是房子。"

"那是什么?"马艳芬的声音仿佛从我的耳边溜走了。

"你喝啤酒吗?"我递过去一杯倒好的啤酒。

"还说些别的吗?"

"说什么呢?"

"家庭、创作。"

那天晚上,我终于勇敢地向马艳芬讲述了我卑微的身份,我毫不遮掩地说我上大学是靠资助才上的,我们家穷,我一个人走出来肩上承担了许多。我还说写作。说小说、诗歌,说文学的纯粹会让一个人如何顶天立地,一切尘俗都将置之度外,就像真理一样,总是掌握在少数人手里……

"你爱过吗?"

"没有。"

"骗人。"

"……"我有些无力了,不知我的讲述是否给马艳芬带来了兴趣。

"看来你太沉迷于自己了,终有一天,你知道人还要生活。"马艳芬有点神思恍惚地说了一句,然后犹豫了片刻站起来和我说再见的时候,我那颗忐忑的心,一下子粉碎了。

望着马艳芬的背影,我目瞪口呆,没想到事情会如此转变。我急促地喘着气,本来还想说什么,大概是几杯啤酒的作用,我试图伸出手挽留她。那条昏暗的走道里高跟鞋一阵敲打之后,我呆若木鸡地在那里站了许久,脸一定扭曲得变了形。

我的相亲失败了,我的爱情也终结了。

火车在黑夜里停了下来,我把那些悲伤的镜头拉回。小伙子不慌不忙地喝着酒,我发现小伙子上火车前便做好了充分的准备,各种小吃一袋一袋地被撕开,啤酒一罐罐地被喝光。他的胃口真好,我有些佩服。人各有自己生存的方式,谁和谁也不一样,但芸芸众生中,我却成了一个另类。

"大哥,有心事?喝一个吧,让所有的事滚他妈的蛋!"那小伙子又一次递过啤酒来,声音特别大,也许真醉了。

那天马艳芬走后,我一个人也是这么喝啤酒,直喝到曲终人散。我跌跌撞撞从酒吧出来,街巷里空无一人,偶尔有一两只流浪狗跑来跑去。眼前是什么?一片灯火辉煌,抬头便是挂满了星辰的深邃的天空。我那时想,一切本无所谓,干吗为别人活人呢?

"你说,火车是不是出毛病了?停下来好一阵子了。"小伙子的声音很大,是方言,我们陕北的方言。

前排座上有个女人忽然抬起头,一脸疲惫和不满地冲着小伙子说:"你一夜猫叫似的,让人都没法睡。"

"关你屁事,这火车又不是专为你开的。"小伙子急了,更地道的方言出来了。

"你有没有点德行!"那女的霍地站了起来。

"你还吃人呀?不瞅自个儿是什么货。"小伙子不慌不忙,还在喝酒。

车厢里七扭八歪的人都直起了腰,一个个打着哈欠不明白睡梦中发生了什么,还是那女人旁边的男人有风度,他拍了拍女人不停地说着什么,声音很低,然后像是对整个车厢的人说:"没事,该说的说,该睡的睡,出门了不是?萍水相逢,又不是冤家。"

没人吱声,好像大家同意他的观点。而小伙子就像没听见一样,吃着、喝着,还一个劲地嘟哝着说:"我是干什么的,老打山的了。"

那女人有些气急败坏的样子,但还是被男人劝说住了。火车也开动了,车厢里重归安静。

我仍然是个落寞者。我知道,与其说这是趟旅行,还不如说是出逃,没有人会注意我,人们的注意力只是在如何享受生活上。我偷偷地看了看前面那对男女,那女人娇艳无比,站起来那一刻我怎么就一点也看不出来呢?

其实我不需要答案。我的许多疑问与忧伤都融化在马艳芬走后的黑夜里。我知道,我们的见面那么简单,那么有隔膜,我以为我能让她激动,但是没有,因为我的过错偏执,我不敢正视她,或者说,因为她的苛刻,把我拒之千里的冷漠,我连赎罪的机会都没有。这个过程漫长而又残忍,我的任何举措都是徒劳的。

现在,我觉得对面那小伙子有些叫人喜欢了,仅此而已。他一路地吹嘘,一路地喝酒,一路地倾诉,无论这车厢里有多少人拒绝他,不接受他,他都是自己。

我困了。眼皮像被什么东西拉紧,一点力量也没有了,干涩酸疼。小伙子站起来执意要把一罐啤酒塞进我手里,然后充满热情地说:"哥,喝几口,解乏,也省得想心事。"

我冲他笑了笑,接过啤酒。

"到北京出差?"

"嗯。"我点头算是承认。

"看得出来,哥是一个有文化的人。"

"你呢?"我整理一下思绪问。

"回去找我老板。前些日子我的腿断了,接好后回老家了一趟。

你说，二十大几的人了，一分钱没挣到，反而他妈的成了残废。"小伙子说话虽不流畅，但我听得明白。他说着，眼眶里明显有泪水在打转转。我听着，有些莫名的惆怅。虽然我不知道这惆怅来自何处。直到我听完小伙子似醉非醉的诉说后，我才意识到，一个人要脱胎换骨是多么不易。

对于我自己，我开始茫然了。

我曾陪领导应酬过一些场合，主要是因为我酒量大，即使喝多了，也绝不胡言乱语。这一点，领导非常赞赏和肯定。单位不少人还羡慕嫉妒呢。领导在县城里人缘好，交情也多。只要他赏识你，可以说前途无量。道理都明白。路是靠自己走的，美好的未来也要靠自己把握，我却没有抓住这个机会。许多人都想尽量靠近领导一点，弄得我非常尴尬，我被一点一点挤到了圈外。况且，我自己也怕落个拍马屁的嫌疑，挤出去就挤出去了，没什么大不了的。

正是这种脾性使我走上了绝路。我没有绝处逢生的机会。大家步调一致地和领导打成一片的时候，我坐在自己租来的房子里，创作着让自己激动不已的文学作品。一次领导在夜总会特意跟我说了几句关怀的话，事业、婚姻、朋友、交情，我听得十分认真，好像领导第一次这么真诚。大概是由于喝了酒，我把许多的想法一口气倒了出来，领导最后拍了拍我的肩膀说："我都知道了，唱歌吧。"

事后有朋友说："你太嫩了，领导说你只能听，还有那么多理由反驳。"

"没有呀，领导还夸我呢。"我争辩着说。

"越夸越坏。"

我想不通，但人生的机遇又一次让我弄丢了。

事实上，就像我朋友所说的那样，我与领导拉开了距离，这种距离越拉越大。领导的孙子满月，大家都去了，唯独我没有去。我想，自己不主动巴结，也犯不上招惹他。再后来，领导女儿出嫁，大家竟然没有通知我。在单位，我就是个异类，同时也是不懂人情世故的窝囊废。

太困了，我越想这些越来不了劲，仰起脖子一口气喝光了那罐啤酒。世界这么大，没人在乎你经历了什么。一个人的精力和才华消耗在这些没意义的琐碎事上，太不值得了。可我找不到出口，想着乡下等待的父母，我心都碎了。无论以后如何，眼下我迫切地想为他们挽回一下面子呀。

有了这想法，我打电话给马艳芬。我说能不能出来坐坐，还在那家茶馆。如果没吃饭的话，我先订一个安静的酒店，吃完饭再去茶馆。马艳芬稍微犹豫了一下说："你终于想通了？可惜，我在外地学习。回来了，我一定赴约。"

我有些激动。至少马艳芬不那么讨厌我。于是，我鼓起勇气和胆量，对马艳芬说："我一直在想，你说得对，这大概是我喜欢上你的缘故。"

马艳芬在倾听。我头脑中的每一根神经都在静静地等待着，直到马艳芬那边传来笑盈盈的、带着几分羞涩的娇滴滴的声音："我也是。"

我的爱情之火又被点燃了。

就这样，我们联系着，时不时打个电话、发个短信。我还说抽空一定去那个城市看她。这些日子我就像变了个人似的，勤奋写作，勤俭攒钱。我对未来做了一个重新估计，恰巧在这个时候，我北京的同学打来电话说，他在某家大刊物上看到了我的小说。

我让他确认。

他说确认，并读了一段文字给我听。

我信了同学的话，他十分羡慕地说："没想到你老兄回老家了还能坚持你的追求，太了不起了。文字干净，故事感人，不比哪位作家逊色。"他说："来北京发展吧。有那么深厚的生活基础，站在北京的制高点，一定能写出更恢宏的著作。"

我正在恋爱。我等待一切属于自己的好消息，听到同学的夸赞，我早已热血沸腾。那天我把这个消息告诉马艳芬，她却用十分平淡的口气对我说："祝贺，终于成作家了。"

"你不高兴？"我愣着问。

"当然高兴，我巴不得你成名作家呢。"马艳芬很认真地说。可我还是觉得不温不火。

没有激励的话，这让我多多少少感到失落。我开始为我们是否真正能在一起而忧愁。我的心灰塌塌的，就像做了一件不光彩的事，脸上热一阵凉一阵的，使我无法释然。这一刻，我自己在做选择，要么写下去，要么没爱情。

写作是一个寂寞的事业，是属于少数人的。一个人不能有太多的贪欲，太多了，就会欲壑难填，不由自主，一事无成。终有一天，我将会挺起我的脊梁站在鄙视我的人面前，我一个劲地这样想，有些疯狂，或接近于病态。

我相信，按照正常的情况，我这样的豪言壮语没人会喜欢。如今的社会，这样的夜郎自大会招惹来许多麻烦的。我也相信，即使我成功了，在这小地方，乃至全国，又有多少追随者愿意和我一样一贫如洗呢？

我弄不清自己是个懦夫还是勇者。反正，我的世界只有写作与爱情。爱情没有了，我或许可以写作下去；但写作没有了，我的生命也就停止了。

那天我喝醉了，回到房子竟莫名其妙地泪流满面，就像即将奔赴生死未卜的战场那样，充满了悲壮。

我这才意识到，我渐渐地变成了孤家寡人，除了上班之外，几乎没地方可去，一个人在那间小屋里，敲打着自己的未来。直到有一天，一家出版社来函让我去北京改稿的时候，我找领导请假，领导抬头看着我，似乎不认识那样，停了足足几分钟说："唉，你对自己的工作有这么上进就好了。"

我以为听错了，眨着眼睛不知怎么回话。领导大概在暗示我，如果我坚持做文学的梦，如果把写作看成是最难舍的一部分，最好到别的单位去。

"单位的事我也干着呀。再说了，全是些鸡毛蒜皮的事，能干出什么名堂来，没一点意义。"我有些激动。

"那你就干你的大事呀，当名人呀。庙小，住不下大神。好高骛远！"领导露出奇怪的表情，重复一遍说，"你要走便走，留不住不留！"

"我去北京，只是改稿。"

"跟单位不沾边，永远去也行。"

"算是除名？"

"你自己要这样，最好写辞职书。"

我没有发作，准备二话不说便离开，犹豫片刻还是忍不住把内心话说出来："我写不写是我的事。可你一直以为拍马屁弯腰点头就是工作认真，你也太小看人了。"

不用说，单位没法待下去了。

过了几天，我便和北京的同学说了此事，隔着电话同学笑了："你真准备在文学这棵树上吊死呀？"

"我适应不了自己所做的工作。"我沮丧地说。

"现在文学是啥情况？疲软，边缘，快死了。我说，你的精神也太值得赞扬了吧。"

"你是说我应该放弃？"

"也不是，社会转型期瞬息万变，人们活得都很紧张，节奏太快了，慢不下来。哪像小县城，四平八稳，你还有心思和时间写小说。大城市的人那才叫孤独呢，丢了魂似的，网络上、微信上看看稀奇古怪的事就够了，哪能耐着性子读一个中篇呀、长篇呀。不过，中国有十几亿人，只要你写好了，故事讲精彩了，还是有追捧者的。"同学那边说着，我这边不知是快乐还是悲伤。他想说服我放弃吗？人要讲现实，吃穿住行享受生活，我偏要选择这样清苦的事情去做，而且把自己置于一个封闭的环境里，弄得一塌糊涂。

我说我想好了，无论什么结果，我决定去北京改那个长篇，不求一鸣惊人，只求给自己一个交代。

"天老子，还有长篇？我太崇拜你了！看来我错了，对文学的认识太狭隘了。哥们儿，你决定了就去做吧，什么惊天动地的事都是干出来的。北漂的人一大茬呢，多一个文学青年也不是坏事。这样吧，一切包在哥们儿身上了，北京欢迎你。"同学那边的表态让我一阵激动，甚至都出了幻觉，感觉我在北京闯荡成功了。之后我一直在揣测，要是自己真的就这样走了，我对父母怎么说？他们会不会原谅我呢？

我没有给单位写辞职报告，那天整个下午我心潮澎湃，躺在床上一个劲地安慰自己，我不敢回家去告诉父母，我这个决定有些荒谬，怕被村里人瞧不起。到了晚上，我简单地吃了点东西，然后先给马艳芬打电话，我说自己要到北京去。

"真的不要工作了？"马艳芬问。

我在犹豫，含糊其词地说："到北京看，反正我没辞职。"

"人家会开除你的。"马艳芬有些担心，听她的口气，我发现她情绪有些不对劲。

"开就开了吧，我就不信没有自己的一片天地。"我说得很决绝。

"那我们呢？"电话那头马艳芬的声音有些变调了。

我一时语塞，结结巴巴地问："你好吗？"

我脑海里立刻定格了一个画面，上面呈现的是我出生的村庄，村庄口的一棵大树下，有几个模糊的人影，他们的泪水与家乡的小河流淌在一起，哗哗啦啦，那么响，那么悦耳，那么愁肠百结……

我就这样登上了T42次列车。

我看着车厢里各种面孔的人，看看旁边那小伙子眉飞色舞地讲述他在北京的故事，其实全是苦楚。后来，快要下车的时候，我忍不住对小伙子说："老乡，北京不一定是那么好混的，人固然要有梦想，但一定要顺其自然。"

小伙子嘴上叼着烟还没点，他十分疑惑地看着我说："你说，人和人为甚要有那么大的差别？都是人嘛，为甚？比如，你挣工资，出公差。比如那个女的，明明有男人还要和别的男人出来逍遥，这是甚世界呀！甚梦想，开玩笑，自个儿吃喝都有问题，还梦想呢！"

我以为他醉了，这么大的声。可能是人们正忙着收拾各自的行李，没人在意。我朝前看了一眼，那个艳丽的女人已不在了。我稍松了口气说："兄弟，出门还是不要乱说。"

"哥，我是谁，老打山的了，跑江湖连甚事都看不出来算瞎混了。"小伙子已背好背包，十分坦然的样子。

接着小伙子非要给我留电话，他说在北京，多一个朋友多一条路。我欠他一罐啤酒，也是一个人情，他看我犹豫，有些受伤般地问："哥，把我当成坏人了？"

我摇了摇头。

T42次列车停下了，车站的喇叭一遍又一遍重复着。满站台的人匆匆忙忙、东西南北，各走各的路。我知道，每个人都在寻找属于自己的路，急速的脚步永远也停歇不下来，因为路途遥远，有时连自己也不知道前路有多长。我出了站口，在人流中停下来，站在天桥上望着满大街疾驰的汽车，还有无数高楼上闪烁的灯光，我深深地吸了一口气，这是北京的空气，我明白自己要干什么。犹记得我临行前给父母打电话说出一趟差，父亲只轻描淡写地说："别瞎折腾，人不能随心所欲。"

我抹了抹眼泪，抬头看北京的天空，深邃高远，好像有星星，又像是整个城市的灯光折射回来。我给北京的同学发短信说："我已站在北京的街上了，满天的星星正眨着眼睛看着我呢！"

突然，有一种感悟很想诉说：只要梦在，活着就有意义。

从此以后，我不是那个公务员了。

有人给你点亮一盏灯

　　他照例坐在临街的那个窗口。小县城的酒吧没多少人,很清静。低沉的、十分抒情的音乐在他耳边响起,有一个画面在脑海里闪过,令他觉得惬意。等啤酒的时间里,他掏出一包烟和打火机放到茶几上,然后抽出一支自己点上。他已经这样等了十几天,具体是十二天还是十三天,他记不清了。他一边抽烟一边喝着啤酒,易拉罐的,他用手用力拉开罐口,随着一声响,有一股气味散出。夏天喝啤酒是一种享受,他不像有的陕北人那样喜欢喝白酒,白酒容易上头,容易醉,容易乱性,在某些场合更容易失态,甚至还会得罪人。他喝啤酒的姿势很优雅,不紧不慢,抿上一口咽下去回味无穷,冰凉的、淡淡的苦味,令人顿觉神清气爽。他的这种姿势显得既谨慎又文雅,一副儒士做派。他不时地抬起头朝窗外望一会儿,窗外的这条街显得十分拥挤狭窄,汽车、人群、自行车、三轮车、毛驴车在柏油路上挤成一团,似臃肿的棉球在蠕动,这种蠕动随着时间的推移变得时而僵硬、鼓胀,时而似被风拉扯开一样,拉展、扯长,仿佛是动画片里小孩们做游戏。酒吧位于县城中心的主街道上,这条街道从南到北一直延深,长得看不到头。县城东西两边是山,从旧城延伸出来的新城虽然扩展了许多倍,但还是小。没料想有这么多的车,还有猛地耸立起来的大楼,农村来赶集的人被这种景象惊得目瞪口呆。他们驻足仰望着高楼，心里想：这楼房建得比黄土山都高了，那么多的人吃喝拉撒钻进去能受得了？城里人就他妈的会享受。他是听庄里人这样说给他听的，语气中还含有一种愤恨。世事不一样了，变得越来越面目全非。他所在的酒吧在八楼，不算最高的楼层。这栋楼上还有几家餐厅，一家高档的宾馆、洗浴中心。这个时段还早，西边的太阳还在山头顶上撂着，大楼堵住了街道上的阳光，偶尔有一缕阳光从楼与楼之间穿过去，照在靠山的楼上，玻璃反射过来形成一块块光斑，而后成为一道刺眼的光束。酒吧里除了他，还有一个打扮讲究的少女，他只看见少女的侧面，发现少女和自己一样，抽烟、喝啤酒。是约会？等待？尽管看不见她的表情，但他想这女孩心情一定不怎么好。

　　他很想回到从前，大学毕业就分配工作，无忧无虑，一个人过日子十分舒畅，虽然老家在农村，但家里父母也不指望他那点工资。他曾信誓旦旦地说自己挣上工资一定好好孝敬父母，可是每月工资还不够自己一个人开销，吃饭、抽烟，偶尔和朋友小聚喝酒，单位上有婚丧嫁娶的事他得随礼，还要买件像样的衣服，反正总是不够开支，这样一年一年还是个穷光蛋。更让他揪心的是，随着年龄的增长，周围人大都结婚生子了，他还是光棍一个。父母一直说，当初考上大学他们脸上多光彩，现在没有媳妇他们有些抬不起头，人们还会说三道四。自己等什么呢？他想，别人说他眼高，可到底要娶什么样的媳妇？不知道，后来连他自己也说不清楚了。

　　太阳无声无息地消失，酒吧陆陆续续来着人，男的、女的，大都很年轻，有的是情侣挽着胳膊进来的，他们坐下来叽叽喳喳，很吵，他觉得刚才的清静被打碎了。

　　他无意中看到一旁喝啤酒抽烟的少女，不知为什么，他心中突然生出坐过去和少女面对面交心的念头。她毕竟年轻，没什么经历阅历，他可以跟她聊吸烟有害健康之类的话题。说不准，少女的心情也很坏，喝高了会向自己倾诉，是不是失恋了？还是工作不顺畅？反正他突然觉得自己很无聊，一下子有点失衡。十几天了，就这么等着，会有什么结果呢？他不晓得。他又喝了一罐啤酒，调整了一下呼吸——真要过去吗？他又犹豫了。

他感到从未有过的孤单和无力，这种感觉来自身体上还是精神上他搞不清楚。这么一段时间，他不停地幻想自己和她见面不会有任何阻碍，他们相互还有很大的了解空间，话题也很多，不会因为琐碎的事出现卡壳场景，那种相爱会使他们之间达成默契，纵然有时会因为物质条件而短暂掐断，但也会很快回来。他从她身上还是发现了不完美，看到了她外表与内在的不统一。直到有一天，他唯一要做的是让自己所做的一切坚决、有效，只要求她不激进，也没有太大的宏愿，只是俩人在一块儿，结婚、生子，尽可能减少缺憾。

他弄不明白到了关键的时刻，为何自己会妥协，甚至被那澎湃激情折服，为什么？

也许之前的担心过于严重，也许之前没能弄明白两个人在一起要相互补充。在某些问题上，他回答得是不是太仓促，过于僵硬，或者有些决绝？比如要有一套房子，女人最起码的要求，自己为什么不爽快地应承下来呢？

朋友说，女人一半靠爱，一半靠糊弄，当她高兴时，双方像一团燃烧的火而无可阻拦地融为一体，世界便只剩下彼此。

他想，也许吧。可鬼才信呢。

那为什么还要分手呢？他想，她说有原因的，不是分手，是短暂的分离。分手与分离有什么两样？不知道，大学他学的是中文，她学的是数学。两个专业不一样的人，思维上一定有差异，他之所以这样一直等下去，是因为他什么也没弄明白。比如她发来一条短信说：我相信心可以铺路，只要你去窗口张望，不管刮风下雨，我们也许一天只有一厘米，花儿总有一天会开的。明明是写诗嘛，他也信了。十几天前她又来短信说：那个窗口只有你的一双眼睛，翻开以后的日子，我会站在你的目光里，不需要化妆，等你喝醉了，祝福我并且鼓掌。又是什么意思？他不知道，也没问，他只是按时来到这个地方，他认为就应该是这样的。他们的初次约会就在这里,一个寓意深刻、象征意义极强的地方。是的,这好像有些荒谬。但对于爱情,他觉得荒谬和不可思议的才是浪漫的,就像着魔似的,他下班后无处可去,反正他已经习惯了,临近夜晚总是怀揣希冀地来到这里。他似乎在爱的游戏中,要不闷在租来的那孔窑洞里,除了空气不畅外,院子里邻家女人们打麻将的笑声让他觉得心绪不安,那种气息让他连皮肤也发痒,像许多毛毛虫爬过一样。这样一个人在酒吧消磨时间也不错,抽烟、喝酒、听音乐,还能看那些穿着短裤、露着大腿的美女。同时,他心中还有着希望。

四个小时过去了,他看到外面的天已经很黑了,无数的灯光眨巴着仿佛在嘲笑他。不知为什么,她没来反而让他自在了许多,这么长时间了,他心里应该清楚这场恋爱正在消融,尽管心中还有淡淡的不舍,甚至有些恐惧,但他一直告诫自己,男子汉大丈夫,应该拿得起放得下,不就是一个女人嘛,长得好看一点,单位好一点,家庭背景复杂一些,现在是什么社会,他怀疑自己起初就有巴结人家的嫌疑,如今自己攀不上高枝,那就拉倒吧。他是在一次演讲会上碰到她的。主办单位邀请他去给参赛选手打分。她是第四位站在舞台上演讲的选手,很特别,长得很甜,眉宇之间散发着朝气蓬勃的气息。他心一动,记住了她的名字——冯宇雨。她有个亲戚认识他,私下里曾提前对他说多关照些。当他坐到现场,看见冯宇雨的瞬间,他有些傻眼了:这女子从前怎么没见过呢?她的形体、气质,还有脸蛋就是他要找的那种,怪不得从前认识那么多女孩,他一直动不了心。那次演讲比赛是妇联搞的,主题大概是主办方拟好的,大部分参赛选手讲母亲的大爱,还有女性的伟大。冯宇雨演讲的题目却是"喧哗与寂静"。她说女人容易一次一次受到伤害,有时尽量让自己的目光平静,有时很害怕露出一丁点的异样,让伤害更加深刻。但内心,无论多么复杂,一定要不露声色,尽管自己咽下许多的苦,但要学会驱赶内心的阴霾,把一切嚼碎,让身体在黑夜里舒展开来。女人之美,在千丝万缕中寻找……简直不可思议,他想,她完全属于另类。冯宇雨演讲的东西散发出如此强烈的女性内心深处的情感!他一字一句听着，竭力想从文字里体悟出什么暗示。他抑制着兴奋，现场的氛围让他开始变得恍惚，一股激流在体内聚集涌动，然后慢慢从全身流淌开来。那一刻，他从过去的郁闷中脱离出来，仿佛从高处依稀看见大学校园里的自己，活泼、开朗，对一切感兴趣，还有，对爱情怀抱无所畏惧的向往。

接下来，他开始沮丧。当他仔细听完每一位选手的演讲之后，他回过神，像一只在寻找猎物的食肉动物一样，在熙攘的人群中转了一圈，但还是没有发现冯宇雨。突然间，他觉得有些羞愧，自己从来没有如此失控过。于是他感到一种难以形容的哀伤，就像大学刚毕业，对前途的茫然让他时常变得恍惚，以至于有好几个女友与他交往时说他心不在焉，老走神，最后没一个再能与他深交。

他有时咒骂自己，冥冥之中就没有意想不到的暗示？

他就是这样下定决心要认识冯宇雨的。好在老天还算照顾他，在一次书画展览会上，他又碰见了她，他有些欣喜若狂地走过去跟她搭话。她看上去越发年轻，满身散发着一种香气。由于激动或者因为有所图谋，他尽量压抑着心里的慌乱。他觉得冯宇雨天生的妖娆和妩媚，还有略带羞涩的眼光一闪，立刻会把自己的魂魄摄走。在他看来，这样近乎完美的女子，世上已经很少见了。她的两片嘴唇红润得似乎正往外溢水，尤其说起话来似乎有一种乐韵，这更使他无法掌控自己了。

展室里人不是很多，他平复了一下自己的心情，不失男人绅士风度地问："冯宇雨，近来好吗？"

"还好，你是那个……我忘了，不好意思。"她抿嘴笑了，尽力忽闪着眼睛，努力回忆着。

"孔自清，政府三楼的。"他还是有些紧张，轻轻地动了一下手臂。

"三楼？我也是，怎么不熟呢？"她觉得有点奇怪。

"是三号楼三层。"他补充道。

"噢，想起来了，写诗歌的。我在五号楼三层。"她的眼睛还是那样忽闪着，露出愿意同他说话的微笑。

"事实上，"他说，"我认识你。上次妇联组织的演讲比赛，我是评委，打了一个最高的分，被去掉了。"

"哦！"她吃了一惊，他早就关注她了。

他点了点头。

"那我还是要感谢你的认可，尽管你的分数没起作用。"

他有些不自在，觉得脸开始发烧，冯宇雨是在夸奖还是在说风凉话？他用手指挠挠自己的后脑头发，停顿片刻，看着她说："我们好像之前没见过面。"

"是的，我属于那种没人注意的。"她慢悠悠地说，接着释然地发自内心地笑了。

有人喊她名字，她应声摆了摆手便转身走了。他突然感到自己很虚弱，但身体内又弥漫着一种神秘气息，冯宇雨走后他觉得这世界开始有点失衡。他站在原地好一阵子，努力让自己平静下来。他爱她，这是真实的感情，似乎就是一见钟情，但他同时也晓得，这也许是一厢情愿的，冯宇雨跟他搭话纯属礼貌。

他感到这就是一个梦，一个突如其来的梦。这梦让他心脏急跳不已，血液开始加速地流淌……

他这样像过电影似的一个镜头一个镜头过着。他有些心神不安，这种等待令他十分沮丧。他开始猜测，冯宇雨是不是故意在捉弄自己？或者是愚弄、戏弄？反正此时此刻他一个舒服的词也想不起来，至于考验，他觉得对于当今社会的爱情来说，有些奢侈了。但他宁愿相信这是考验，或许，冯宇雨就在某一个角落盯着自己，正偷偷发笑呢。

他还是掏出手机，拨号，无人应答。好端端的，一个人就这样说不见就不见了，而且毫无音信。人们都说当今的人离不开手机，如果没了手机就无法生活，可他一点也没觉得手机有这么重要。大学毕业后同学们各奔东西，很少联系；老家又在农村，没信号，也无法和父母通话；小城里朋友少，他活动的范围也不大，所以手机使用的频率不高，起初他觉得不好意思给冯宇雨打电话，稍有空编一条短信发过去，冯宇雨当时回短信的速度很快，后来却老是迟半小时或干脆不回。见面后他曾说起此事，冯宇雨一脸的愁容，她只说上班乱七八糟的事弄得她焦头烂额，单位女人多，干活的没几个，领导又是个多事人，所以没时间回短信。

他相信了她。

他突然有些伤感，怀疑一切是不是存在过。为了确认自己不是在幻觉里，他禁不住好几次翻看手机里所有发过与收到过的短信。

他又一口气喝了一罐啤酒，想上卫生间。他竭力控制自己有些醉意的表情，刚站起来，却发现不知什么时候，旁边的那女孩已悄然站在了他身后。

"等不着了吧？"女孩手里拿着一罐啤酒，身体好像有些摇晃。她目光呆滞，表情十分恍惚。

"你……怎么知道的？"他有些吃惊。

"你说呢？"

"猜的吧。"他不想上卫生间了。

"来，碰一杯。"她举着一罐啤酒提议。

他稍犹豫了一下，不知为什么，还是举起了一罐啤酒。

他看着她，想听她继续说什么。

"同是天涯沦落人。"女子仰起脖子，一口气便喝光了啤酒。

他有些茫然无措，好像有一股暗流在体内聚集涌动，慢慢升成热气腾腾的气流，将他从绝望中托起，让他在高处看见那个在机关办公室起草文件的自己，那个曾经胸怀大志的青年，那个曾暗地里自豪过的乡下孩子，那个幻想着甜蜜爱情的后生。他突然想笑，大声笑出来，可他还是坐了下来，和那女孩面对面坐下。他发现，她太年轻了。

"你呢？等人吗？"他知道自己在胡应承。

"狗屁！无聊，一个人闷得慌。"女子笑了一下，很勉强。

"失恋了？"他问。

"都什么年代了，还说失恋。"女子直截了当地说，"我被甩了。狗日的，说蹬就蹬了。"

他愣了。

接着女子有些语无伦次了。他觉得，她说话的方式有点怪怪的，并不像伤心的样子，好像和男朋友分手是再正常不过的事了。他难以理解，现在年轻人把爱情和婚姻太不当回事了。一想到这些，他又本能地责问自己，爱情又是什么呢？

大学里学的深沉与爱情无关，走到社会上勤奋工作与爱情无关。现在，他的确感到自己有些老了，不大适应社会了。一个人心老了，一切的美好向往都会变得平淡无奇。不过，即便如此，一想到老家的父母，想着他们的眼神，他便要崩溃了。毛病在哪儿？他检讨自己。比如，像对面这位女子，他是不可能接受的。为什么要如此挑剔呢？他也寻不出答案，他在心中说，不可能，不可能——只有冯宇雨，他一直为她心动。自从大学毕业，他曾认真地对一个女子好过，有好几次，在他租住的窑洞里，俩人彻夜交谈，说未来，说对生活的感悟。他们离得很近，能听到彼此的心跳，可为什么就没谈爱情呢？他没感觉到有任何生理冲动。最后人家女孩跑来送给他一张请柬说要跟别人结婚了，他才觉得自己要多傻有多傻。为什么不说爱呢？他当然不愿意这样轻而易举地说出口，只说恭喜。他后来什么样的女孩都不想见了，只是一心一意把自己的本职工作干好，让领导赏识自己。好像所有的事情对他来说都无所谓，尽管他的文秘工作平淡无聊，每天被各种文件材料表格领导讲话弄得头昏脑涨不知所措。总之，他和女孩这样分开并没有失落，更谈不上受伤害。这期间，也有人给他介绍过几个女孩，他和其中一两个接触过，一块儿吃饭、网上聊天，不深不浅，却始终没有确定要和哪一个，或者与哪一个恋爱。人家一听他家在农村，城里没有房子，渐渐地就提不起劲了。

他晓得眼下自己缺少什么。在城里，即使像这样的小县城，没房子是最致命的。他算了一下，按照目前的房价，他一个人不吃不喝要二十年才买得起一套房子，这样一想他的压力越来越大了。有时干脆想不找了，人活一辈子为房子、车子操劳辛苦，多么乏味庸俗，一个人这样过着，随心所欲。然而，父母一个劲地从乡下捎话过来，叫自己不要眼太高，只要女方能和自己过日子就行，好赖也是一辈子，有什么过不去的坎呢？

　　只是，他一个人独自在窑洞里，孤独感越来越重，有时整夜睡不着，想着上学时的情况，想着父母期盼的目光，想着单位里同事用异样的眼光看他……这是一种什么样的感觉，这种奇特的感觉令他鼻尖发酸，眼眶里有泪水打转，仿佛自己正身处另一个世界。他明知这样下去自己就是一个另类，但他不能一辈子打光棍叫父母操心，不管有没有合适的，不管满意不满意，他终将结婚生子。可这样最基本的目标带给他无尽的烦恼，爱情呢？有时候不那么重要。他对未来充满了忧虑，甚至是恐惧，那既像希望，又是绝望的生活，让他无法安宁。

　　好在，他遇见了冯宇雨，他几乎时时刻刻都在想她。不知为什么，这种想念可能连他自己也觉得难以置信，打电话，发短信，聊天，上班时常常走神，有时两个人不见面，他连吃饭的胃口都没有。日子长了，他意识到自己神经开始衰弱，他必须等到她的答复，或者她亲口说爱他，不然，他会疯掉的。

　　但是，他几乎有些绝望了。认识冯宇雨，他体验到了什么是伤害，由于自己过度的自信，这种伤害更大，不是一般的尴尬或不适应，而是彻头彻尾的，有些莫名其妙的伤害。

　　如果他就这样毫无结果地等下去，那就意味着他是世界上最没有思想的傻瓜，他一直在说服自己，彻底放手吧，自己没失去什么，又有什么可失去的呢？从某种意义上来说，他又一次真正体悟到了什么叫生活游戏的法则。

　　那天晚上他回到自己住处时已经很晚了，因为酒喝得太多，他一直回忆不起自己是怎么走回来的。现在醒了，房子特乱，衣服扔得到处都是，让他难以置信的是，他旁边睡了一个女孩。

他十分慌乱地找着自己的衣服穿好,心里暗暗问自己怎么回事。

"不睡了?"女孩连眼都没睁,两条胳膊伸出来,整个上身暴露无遗。

"哦,这是怎么回事?"他的汗毛开始往起立。

"你没和女人睡过吗?"女孩十分平静地问。

"……"他张口结舌,彻底蒙了。

"还不好意思,你和我那个了。"女孩盯着他,目光有些软弱。

这话让他瞪大了眼睛,内心深处变得混浊不堪,似乎身体有些浮起来的感觉。他想:这女子一点也不害羞、不尴尬,甚至如此轻浮。他真有些后怕了。

"无所谓,反正我不是第一次了。"女孩懒洋洋地爬过去找自己的衣服,眼睛一闪一闪地等他回话。

他不说话,仍然盯着她。他处在两难境地,有些狼狈不堪。

"你娶我吧。"女孩穿好衣服,从床上下来盯着他的眼睛,一动不动地盯了好一会儿说:"你一定嫌弃我,但我不要你有房子,不要你当官,只需要平平淡淡过日子。"

"开玩笑吧?"他终于说出话来,有种撕心裂肺的感觉。

"不勉强,但我很认真。"她的嘴唇有些发抖,且伴着轻微的叹息说,"怎么可能呢?我比她一定差远了。"

他感到自己有一种错觉,似乎前面有一个坑,别人早就挖好的,他不小心就会掉进去。所以,他极力回忆昨晚的情景:他等冯宇雨,喝酒,打过几次手机,和这女孩说话,说了很久——至于说什么,他实在无法记起来了,然后呢,回窑里睡觉……

"对不住,我喝多了,那个……"他一瞬间突然感到自己要崩溃了。

"你怕我真的缠上你?"她说,声音很小,准备走了,又转过身来,"不会的,爱是俩人的事。"

他看着她的表情,心里有些悲凉,有好一阵俩人不说话,就像真的相处了很久的恋人要分手似的那种。他明白，现在自己什么也没有，也给不了任何承诺，某一刻，他觉得自己四年大学等于白读了，如一张薄薄的纸，一下子被揉成纸团或被撕开。他强忍住不让眼泪流出来……他最终决定去冯宇雨办公的地方——五号楼三层探个究竟。尽管俩人有约定，谁也不去谁办公室，但他忍不住了，他本以为自己会平静地对待这件事，可结果恰好相反，冯宇雨的神情言语还有身姿让他无法安宁，他几乎时时刻刻都在想她，这算不算是单相思？他自己陷进去了，无法弄清这个问题。

　　五号楼三层，他上楼的时候有些忐忑不安，偶尔有一两个熟人与他搭话，他有些游离地应承着。当他敲开一个办公室时，竟然有一个少妇主动上前与他打招呼。

　　"孔自清，大诗人呀。"

　　他勉强笑了笑，点头。自己想，那笑一定很难看。

　　"找冯宇雨？"少妇十分热情地问。

　　他处于一种十分难堪的境地，于是额头上冒出了汗珠，有些神经质地咧了咧嘴说："她，她不在？"

　　"调走了，没跟你说？"

　　他脑子里一片空白，好像灵魂出窍一样，周围有许多只眼睛，还有噪声。不知过了多久，回过神来，他发现自己仿佛随时会散架。

　　他走下楼，用了很长时间，手机一个劲响着，虽然是耳熟能详的旋律，但是，此时此刻还是有些怪怪的，纯情、凄美，甚至悲怆。他觉得自己羞愧难当，跟洗澡时被人窥探一样，自己心中既有某种不知所措的悲伤，又有对另一种东西的仇恨。他这才明白，爱情是一种个人的梦幻，与生活恰恰相反。比如，他和冯宇雨从来就那么理性地认为过日子是实实在在的事，不是诗歌，不需要多少想象的、虚无的东西，以及什么狗屁意境。后来他还是去那家酒吧，还坐在那个位子上，临街，还是有许多风景。他喝酒，看着对面那张桌子，有时有人坐着，十分陌生，有时空着。他觉得十分奇妙，多少天前他喝醉了，和那个女孩倾诉过所有，分享着无人知道的秘密，现在看来，这秘密微不足道，但那是他第一次以那样的方式向女人倾诉……

　　他停下来，一瞬间，脑海里闪出那女孩的模样来，有一阵子了，他还是惦记着她，这阵子有一种提升起来的感觉，一种快感，心情舒畅了，很奇妙。假如……这世界没有假如。他点了一支烟，调整了一下呼吸，独自笑了。

　　他准备回老家告诉父母，有人能点亮自己心中的那盏灯。

那条叫作爱情的河

一

我根本没想到梅会给我打电话。这一天刮着大风，黄土遮天蔽日，行人无法睁开眼睛，梅叫我在县城的某一个地方找她，她有话要对我说。

放下电话，我愣了半天，心不知为什么突突乱跳起来。在这之前，梅在我心中的印象一直是模模糊糊的，但接了梅的电话后，我立刻想出梅真真实实的模样，至于梅要对我说什么，我没有猜测。梅的语气是那么真诚急切，像发生了什么事一样。

刮风天气，街上没有几个行人，偶尔有一辆汽车或拖拉机开过，街道四周轰隆隆震颤一阵。我用力蹬着自行车，只一会儿便来到梅电话里说的那个地方。等梅的这一刻，我心慌意乱，心中有各式各样的猜测，我不知道梅究竟有什么话要对我说，假如和灿一样，我将陷入一种无法自拔的境地。至于灿，我把她与梅做了一番比较，心里就像此时的天空那样，黄沙漫天飞舞，太阳很模糊，似乎什么也不清楚。

梅没有来，她第一次约我又有意失约，我心中又增加了一层神秘感。

当时是夏天的六月，从春天开始一直未下雨，农民们眼巴巴地瞅着干裂的黄土地，瞅着热烘烘的天，天上没有一丝云，河水开始干涸，呼啸的山风夹着黄沙横空飞扬，到处是尘土、飞扬的纸屑和破碎的食品袋，凌乱不堪。

我揉了好几次眼睛，有些丧气地回到办公室。我问自己这是干什么，本来有一个灿就够烦了，现在又多了一个梅。而梅要说什么我一无所知，却偏偏相信她的真诚。我对自己这种天真的行为感到脸烧，但禁不住还要想梅，她怎么啦？要给我说什么？为何电话里不说偏要约出去说，为什么？

我坐着，极度无聊，极度空虚，接到梅的电话时的那种惊喜、兴奋早就无影无踪了，我无心做事，好像一只泄了气的皮球蜷缩成一团，无声无息。

我想灿。

我的大脑似乎混沌不清，大约是梅打电话的前五六天，灿笑盈盈地走进办公室，说过端午节她亲手包了粽子，很甜，米是新的，特软，吃起来很香。我咽了一口口水，眼睛愣愣地盯着灿，我突然觉得灿变了个人似的，从头到脚都陌生起来。

灿说："你为何用这种眼光看我？"

我说："用什么眼光？"

灿有些生气地对着墙上的镜子说："我心里清楚。"

我说："你清楚就好了，免得我说出来伤了和气。"

灿转过身子，竟然没一丝犹豫。灿说话的时候很伤心，眼眶有泪水在转动。

我想灿就是这个样子，她活得很累，有时候对生活失去了信心，有时候很幸福，整天有圆不完的心愿。以前，我对她先是同情，之后便是喜爱。为了她，我发疯一样不顾一切，包括尊严，我们甚至说到将来结婚生儿育女。可过了几年，我们都改变了初衷，她嫁了一个比我还丑的男人。这对我来说无疑是一个沉重的打击，这种打击不仅残酷，而且是毁灭性的。我几乎走到绝望的边缘，我想到死。我难以入眠，神经出了毛病，两只眼睛空洞洞地看世界，鲜血天天在体内汹涌澎湃。我心里骂自己无能，一个顶天立地堂堂正正的男子汉，竟然为了女人毁灭自己。灿晓得了我这模样，心疼头疼软得四脚无力住进了医院，她妹妹捎话说灿是为了我才这样的。我说也许灿结婚怀了孕才会这样虚弱。我想象灿和那个丑男人拥抱在一起是多么令人恶心的事，我几乎精神失常，说灿该死。她妹妹看了我好半天说了句，"你这人原来是这样"，便头也不回地走了。

最终我还是去了医院，灿躺在白色的床单上，正闭着眼睛想着什么心事。我进去的时候她一点也没察觉。病房里就灿一个人，水泥地上有几个刚吸过的烟头，灿的男人刚刚出去。输液架上的瓶子里冒着晶莹的气泡。我不晓得灿得的是什么病，竟然要住院输液。我有些不知所措地立在病床旁，灿的眼里流出了泪。

我忐忑不安地用手轻轻抚摸着灿的脸，擦掉她的泪水。灿睁开眼，两眼死死地盯着我，使我有种被烤炉烘烤的感觉。灿说我不应该来，我大吃一惊。

灿的眼泪不停地往外流，她的头发凌乱，脸上没一点血色。那泪水就像洪水一样漫过我的身体，在这恐惧的房子里流淌。

我说："灿，你何必折磨自己呢？"

灿摇了摇头，声音有些凄切地对我说："你走吧。"

我胸中的波澜被浇灭了，我没料到我壮着胆子来看灿会是这种场面。我弯下腰，在灿凉冰冰的脸上深深地吻了一下，我感到灿让我揪心，尽管她成了别人的妻子。

我说了保重后从衣兜里掏出二百元钱放在灿的胸前。

灿几乎是哭着说："你走吧，再不要见我。"

我怔了半天，有些控制不住自己了，我都不知道灿为什么会这样。

我不知自己是如何离开病房的，我身后只有灿揪心的哭声。她似乎想坐起来，用另一只手抓住我放下的二百元钱扔在地上，她说她恨我。确切地说，灿对我的仇恨是天大的不公，她没有理由对我仇恨，是她自己违背了诺言。当初我失去了理智，在灿结婚的那天喝醉了酒准备砸碎那个可恶的日子，好在被别人拉住了。谁也不清楚我那天为何发疯，只有灿心里清楚。尽管心痛，天天喝酒，可我没有为难灿。

我从医院楼梯往下走得很艰难，灿那副沮丧的表情在我的脑海里摇晃。一位戴着眼镜的中年妇女挡住了我，她手中端的一个蓝色小瓷盆正冒着热气。中年妇女很客气地做自我介绍，她说自己疼爱灿就像疼爱自己的女儿一样，我首先想到的便是灿的姑姑。

我说自己只是看看灿，没别的意思。

灿的姑姑说她知道，她眼镜片后面的目光显得冷冷清清。我假装若无其事地点头笑了笑，然后拖着僵直的腿从楼梯上一步一步地走下来，回头看灿的姑姑，她正摇头叹息。

一刹那间，我心惊肉跳地感到，我几年苦苦经营的那个温暖小屋正轰然倒塌，灿没有理由离开我，我竟傻乎乎地等待着这种结局，不仅是我，还有灿的亲戚朋友，都感到一种莫名其妙的惋惜。这是一场看不见摸不着的爱情游戏，幸好我在灿结婚的那天没有干出蠢事，要不然局面将不堪设想。

很快，我在渐渐的消沉中知道自己错了，为了爱情，为了这个迷人的故事，我竟然丧失了意志。当我死死缠着灿不放手，当我真的拥有她时，我又有些说不出的烦恼与痛苦，更多的是尴尬。事实上，灿并不像我想象的那样完美，她为何违背自己的心愿，宁愿和那个不起眼的男人过日子呢？

出乎我意料的是，灿从医院出去后，拖着很虚弱的身子，和正常人一样支撑着她的家。每次相见，她竟然不抬头，与我擦肩而过。我磨磨蹭蹭地站在她身后，看着她的背影。她仿佛看透了我的心思似的，只是摇头，不说话。

二

上班时我有些六神无主，整天听男人女人们说笑，有时自己凑上几句。从早到晚晃荡在办公室或街道上或酒馆里,俨然一具没有灵魂的躯体。我还爱着灿,想着灿,很长时间没见到她,我的脸色都变了样。我不晓得这种日子还会持续多久。

在这种死去活来的日子里,有一天,门房老头悄悄进来,神秘地对我说有一个女孩送我一样东西,他说那女孩长得特甜,就是两只眼睛里汪着两团泪水,他还说那女孩在门房里等了几个小时,而后来了一个很粗暴的男人把她领走了,女孩放下这盒东西什么话也没说就和男人走了。

很闷的晚上,办公楼里空无一人。

我的眼前浮现着那个甜甜的女孩,那若隐若现的影子令人心醉令人伤感。我觉得自己浑身发冷,甚至有些毛骨悚然。灿为什么突然来找我?我后悔白天出去喝酒。

我知道灿鼓足勇气找我一定有话要说。我认真地打开灿送来的盒子,里面是一支很精巧的钢笔和生日快乐音乐报时钟。我这才想起今天是我的生日。灿还记着我,我心中一阵欢欣。

电话铃突然响了起来,我很紧张很慌乱地抓起话筒,似乎预感到什么,连呼吸也停顿下来。

电话那头好半天没声音,稍过了片刻,梅的声音很脆弱很细小地传过来,她说那天打电话真是对不起。我不晓得梅到底在搞什么鬼。

不知是什么心理,也许是因为灿与我分开久了,我接到梅的电话时有一种受宠若惊的感觉,虽然我在与灿的感情中陷得很深。

梅在电话里问我记得她吗,我问她上次失约的事,她有些慌乱,说总有一天我们见面后什么都会明白的。我问现在呢,梅没有说话,她大概握着话筒,我只听到她的呼吸声,又隐隐约约地听到一个男人的说话声,我不知道这半夜三更梅身边的男人是谁,此时此刻,我觉得心里空空洞洞。梅究竟在做什么游戏?

我对着话筒"喂"了一声。

梅压低嗓子说:"请原谅,下次再打电话吧。"

梅的声音有些沙哑，好像带着哭腔。

我不晓得梅给我打电话的真正目的。但我猜得出来，梅的心情很坏，一定很难过。我没有打算去梅的家里看一看，因为梅没有邀请，我不能贸然行事。几天以后，我在大街上突然看见灿坐在男人的摩托车后面，很亲密地搂着男人的腰，风风光光地从我面前闪过。

整个下午我的脑子里就是灿和男人亲密的镜头，我晓得自己为那镜头动了心。回到办公室，我从抽屉里找出灿一脸平静深沉的照片，这张照片是我领着灿到无定河边拍摄的，背景是一片白雪覆盖的大地。当时拍完照片，我很动情地拥抱了灿，而且吻了她那张平静的脸，还有红润的嘴唇。而现在，我什么都没有了，只有这一张照片，我留着干什么用！

我发狂般地撕了这照片扔在地上，我发誓不再想灿。在这感情纠葛当中，我能得到什么呢？

我感到房子里特别闷，连呼吸也困难起来，我有些茫然地走出办公室，我真想找灿，或者找梅，找一个僻静的地方，说说心里话。

但我忍住了，我独自走进舞厅，我想喝酒。

一个脸色如蜡的小姑娘走过来，笑着问我吃点什么。

我说随便来点什么菜，一瓶酒。

隔壁传来男男女女的浪笑，很刺耳，真烦。

认识灿是在秋天，似乎那年秋天里下了好几场大雨。我一个人在这座小城里上班，没有地方吃饭。下雨的天气一个人悚悚惶惶地看上几行字或写上几页格子，吃饭成了我唯一的负担。那天雨刚停，朋友请我出去吃饭，他说去一个亲戚家吃陕北烩酸菜，我稀里糊涂地跟着朋友走过湿淋淋的街道，左拐右拐来到那条窄窄长长的街巷。这条街巷我非常熟悉，且非常留恋，我曾写过一篇小说就叫《街巷》。我和朋友敲开一扇油渍斑斑的大门，进门时是灿掀起了门帘。以后的日子我才回忆起，灿那阵子脸上放着红光，羞羞答答地看我。她是我生平第一个动心的女人，这使我忘乎所以。灿本身有一种纯丽的气质，在我四处奔波，生活处于绝望和无助的时候，灿的出现犹似黑暗中突然燃烧起的篝火，我开始只是对她欣赏，而后便是该死的爱……

　　大概是受了情绪的影响，没多久我就喝完了一瓶酒。一种说不出的燥热在我周身流窜，那个脸色如蜡的小姑娘走过来，问我还吃点什么或喝不喝酒，我摇了摇头，两只眼睛直勾勾地盯着小姑娘的脸。

　　"你跳舞吗？"小姑娘问，"跳舞，我们这儿有包厢，还有小姐。"

　　"什么小姐？"我的头涨得老大老大，好像不在自己脖子上。

　　"小姐都不赖，长得好漂亮。"小姑娘开始收拾桌子上的酒瓶碗筷。

　　在这之前我曾听许多人讲过包厢，讲过包厢里的小姐，我只是听听而已，过后就忘得一干二净了。

　　"可以看看。"我动作很迟缓地站起来。小姑娘把我领进一间昏暗的屋子，我木然地坐在沙发上，望着这黑蒙蒙的屋子，一种凄凉冷冰冰地从我身上流过，我好像在做梦。那如水的月光，还有家乡潺潺流淌的小河，一下子涌进我脑海中，一股清风吹过来，带着香甜的气息，还有槐树花的芬芳。灿走过来，拥抱着我，亲吻着我的嘴唇……

　　一种很奇妙的乐声，在整个世界回响，我解开那粉红色的衣裙。灿始终紧闭着眼睛，我不知道她是否幸福，是否快乐，她的心跳仿佛没有了，那么平静。远处偶尔传来几声虫鸣，并没有妨碍我们，这世界只有我和灿，还有刚刚到来的春天。

　　"大哥，你醉了。"我耳边萦绕着一个声音，昏暗的灯光无声无息地亮着，我已经疲倦了的身体，正开始燃烧着熊熊火焰。

　　我抓住一只手，一只小巧的手。

　　"灿，是你吗？"我觉得脸上有柔软的东西滑过。

　　"灿是谁？"我怀里的女孩突然挣脱出去。

　　"你不是灿？"我吓了一跳，似乎清醒了许多。

　　我该走了。

　　女孩说："给五十块小费吧。"

然后她趁我不备亲了我的脸，很惋惜地说："还是喝酒好，只是别喝得多了，就是多了，千万别来这地方。"

我的心像被什么锐利的东西猛刺了一下，很疼，两条腿软绵绵的，人差点走不出舞厅，仿佛有千万双眼睛盯着我冷冷地发笑，我几乎无地自容地走在大街上。一股透凉的风吹过，我迷糊的眼睛被一束直刺过来的光亮照得睁不开，刹车声刺穿我的每一根神经，我的眼前一片黑暗。

很长一段时间，我失魂落魄，寻找远去的爱情和婚姻。我像变了个人似的，整天都没多余的话，见了熟人也不情愿打招呼。

有天晚上，难以入眠的我从床上坐起，学着抽烟，而后喝酒。房外正呼呼刮着北风，还有雨点打在窗玻璃上，许多刺耳的怪响都涌进我的耳朵里，我全身上下似被熊熊烈火包围，眼睛里有电闪雷鸣，满脑子的灿活活折磨着我的身体，我竟然产生了一个奇怪的念头，半夜去敲灿的门……

漆黑的夜，风很大，雨点零零星星地落着，小城的街道黑幽幽地躺在那儿，显得那么寂寞、萧条。

听说，灿从医院稍好后没回家，突然就有力量和勇气跟那个男人离婚了。我知道这消息后先是一阵欣喜，而后便是一阵莫名的恐惧。灿毅然决定离开那男人一定是因为我，为赢得这份爱，我已经遍体鳞伤了，我浑浑噩噩不知所措，就像等待一种妙不可言的梦幻。我的血液沸沸扬扬地唱歌，全身上下的骨头酥软得站不起来。几年来，我不就是在等这个光明灿烂的日子吗？白天黑夜、刮风下雨，我匆匆忙忙没了思考的时间。现在，我应该准备什么，应该干什么？我会百般珍惜、百般爱抚即将得到的时光。

我一个人走在街道上，一直想见到灿第一句话应该说什么，或者什么也不用说就去拥抱亲吻灿，我相信灿无法抵挡。尽管分离了这些日子，但我们之间用心凝结成的爱，无法分割。

可是，灿为什么要和那男人结婚呢？

我心惊肉跳地上前敲灿的门，生怕敲门声响会惊动周围邻居，就像在做一件极不光彩的事。灿是别人的妻子，我不该越过这个布满陷阱的地方。

灿没睡，房子里灯光亮着，她大约听见了敲门声，问了一声谁。

我说："灿你开门，是我。"

灿好半天没说话，她不希望我在她家里出现，灿担心两个男人在一起会生出什么危险的事来。她说我是一个有文化有修养的人，如果我受委屈或受到不尊重受到冷落，她会很难过。灿的声音开始颤抖，她说："时间不早了，求求你回去吧，有什么事明天再说吧。"

我说："你开门，要不我就蹲在你家门口。"

也许害怕门里门外这样说话会招惹来什么，灿打开了门。出乎我意料，炕上已经拉开了两床被子还有两个枕头，我的心脏立刻静止了几秒钟，脑袋涨到了极限，似乎长了一个毒瘤，我几乎休克在灿的家中。我的爱我的情我的一切全没有了。

灿似乎明白了，她立刻意识到这样站下去的危险，她转过身来，眼里溢着晶莹的泪水，过分的伤心布满了整个脸面。灿想说什么，嘴唇动了几下，没有声音。

我无法控制自己的激动，很笨拙地抓住灿的手，我觉得灿是我的生命，但我绝不给她添麻烦，可我什么也说不出来。我这颗鲜活的心一阵又一阵绞痛，尽管我强忍着，不愿让灿看出来。我说："灿，你究竟是为什么？"

灿摇着头，挣扎着想从我手中抽出她已经麻木冰凉的手，她的目光朝窗外盯着，然后猛地回过头来，说："你想把我彻底毁了？"

我深吸一口气，把灿抓得更紧了，我害怕灿从我手中挣脱，我害怕我们从此以后成了陌生人。绝望中，我的眼睛里不知是火还是泪，我的嘴角露出一丝冷笑，我的气管似被气流压扁了，呼吸困难起来。

灿彻底绝望了，她无力从我手中挣脱，软绵绵地跪在我脚下，乞求地看着我说："你要是不听我的话，还不如把我杀了。"

我的心软了下来，我扶起灿，眼睁睁地看着灿从我身边离去。我和她之间拉拉扯扯已经有了很大的隔阂,我拥有的只是空洞的爱还有被愤怒烧红的眼睛。

灿猛地抱住我的头,她满眼的泪水沾湿了我的脸,她说都是她的错,一切都无法挽回了。

灿说本来她下定决心要和那男人离婚的,可周围许多人劝她,而且她肚子里已经有了那男人的孩子。

我差点瘫软在地上。我该离开了,我胸中曾经汹涌澎湃的爱情之河无声无息了。我踉踉跄跄退到门口,最后看着木头一样的灿,说:"灿,你保重。"

外面依然漆黑。我的脸上全是冰凉的泪水,我不晓得还有什么时候比现在更难受。我像幽灵似的在这个无声无息的世界晃荡。说不清走了多少路,我的心已经麻木。天亮的时候,我拖着两条沉重的腿回到单位,看大门的老头对我说有一个女孩在这儿整整等了我一夜。

我问老头:"人呢?那女孩呢?"

老头说天亮便走了,他说那女孩先是一个劲地哭,后来说人活着没有一点意思。

我整个身子脆弱地颤抖起来。

三

灿依旧和那男人过着日子。

灿大约有意回避我,她害怕了,胆怯了,灿心中有我但又不得不和那男人过日子,我不知道这是为什么,也许灿命里注定要这么受煎熬。我全身透凉,觉得世界上只有灿一个人能叫我这样刻骨铭心地爱,也只有灿一个人叫我这样咬牙切齿地恨。

然而,我的恨过一阵子便烟消云散了。

人万念俱灰的时候,什么也不愿希望,有希望才能生存,没希望就放弃。我属于一个意志不坚强甚至非常脆弱的人,我的理想破灭了,我就无法支撑自己生存。

时间就这样一天一天过去了。我开始怀疑自己，因为世界上有那么多美好的故事不去编织，偏偏要为爱情牺牲一切。如今的青年人，什么事都干得出来，而且干出来的事往往是你意想不到的，我为什么就不敢去冒险呢？

正在这节骨眼上，梅又打来电话。我抓起话筒的时候，心中一阵惊悸，我总以为是灿。尽管我对灿失去了信心，但那爱无论怎么也抹不掉，可是，梅又是为什么呢？

我说："梅，你有什么事尽管说，不然我们见一次面，因为我最近很烦。"

梅那边好半天没声音，她大概在调整情绪，她嗓音沙哑地对我说，她知道我很烦，但这烦恼是我自找的。

梅说："你爱灿而灿离开了你，这当然不公平，可你喝酒进舞厅是自己找的，你不写小说天天糟践自己。你没一点男人的味道，你不敢面对现实，不敢挑战，完完全全是个十足的浑蛋。"

梅哭了。

我无论如何也不知道梅为什么要关心我，她只说我不是男人，只说我不写小说天天在儿女情长，而且死去活来地追着一个跟别人结了婚的女人。我的咽喉深处仿佛被什么噎着，嘴里也发不出声来。

我只是真真切切听到梅的哭声。电话很快传来忙音，我拿着话筒愣了好半天，我脑子里仅用一秒的时间，闪过我二十八年的生活轨迹，我的心剧烈地颤抖，接着便是抽搐。这种疼痛无比强烈，我浑身上下汗淋淋地成了水人，我的身子默默地软了一下，而后便什么也不知道了。

医生开了不少药，让先吃完药再来复查，他说我的病是过分忧郁压抑造成的，而且神经系统一定受过刺激。

尽管我没有像灿一样躺在医院里，但我终究病了，而且病得很突然。

回到房子，同事们安慰了我几句便走了，我一个人冷冷清清地躺在床板上，两只无神的眼看着房顶，房顶是一片湿润润的水彩画，有一个赤脚的光腚小男孩，在一条清澈的河水里聚精会神地盯着小河尽头。

那个小男孩是我。

我从乡下进城念高中而后念大学，一口气读了十八年书，满脑子的幻想，我无法确切地回忆过去，但我清楚地知道，回老家工作没几天我就爱上了灿，我以为这根深蒂固、无可动摇的爱情坚不可摧，没想到其实脆弱得不堪一击。

那是个阴雨天，灿走进我房子躺着睡觉，其实她根本没睡，只是一个人流泪。我好像和几个朋友喝多了酒，满酒席上的人都和我干了杯，恰在这个时候，一个小子问我是不是和灿有那种关系。

我的眼睛不动了，凝视着那小子的脸。

那小子歪扭着头挤了挤眼说："你说呀，让大家听听桃色新闻比看你写什么鸟文学有趣几倍。"

我说："你狗日的再胡说，我不会给你好果子吃。"

那小子说："你以为你有什么了不起，灿是人家订过婚的女人，她是一个婊子、破鞋，你还以为你找了美女、鲜花。"

我瞪着眼，眼里似乎有血红血红的东西，我说："你狗日的羞辱我！"接着我的拳头就飞了过去。

那小子惨叫着被架走了。

我艰难地回到房子，怔怔地看着床上的灿，我喝醉了，开始流泪，我不相信那小子的话，但我又不得不问灿。

我说："灿，你爱我吗？"

灿坐着，木讷地说："你怎么啦？"

我挪了一下脚，动不了，身子开始摇晃。但我还是镇定了一下，继续说："灿，你爱我吗？"

灿觉得不对劲，说："爱你又怎样？我们的开始也许是错误。"

我猛推开灿，直戳着灿的鼻尖，有些控制不住自己地怒吼道："你在耍弄我，你是他妈的骗子！"

灿凄惨地笑了一下，她说："没想到你会说出这样的话。"

我有些失态甚至发狂地逼近灿说："订婚又是怎么回事？"

灿咬着嘴唇，摇着头。她扑过来，抱住我的腰哽咽着说："你不要问我。"

我怒气冲冲再次推开灿，从桌子那边拿来锋利的刀片，我咬牙切齿地说："灿，如果你骗我，我便死给你看。"

灿先是不知所措，而后不顾一切地上来夺我手中的刀片，她没有成功，扑通一声跪在我脚下，她仰着头，伸长脖子说："杀了我吧。"

我狠狠地扇了灿一个耳光，这耳光很响亮，好远好远的地方都能听见。灿没有哭没有叫，她拼命地夺我手中的刀片，只一会儿，我和灿的血像一条条细长的蚯蚓，滴在地上汇成一条血的小河。爱的小河，开始流淌。

灿就这样离开了我。

一切就这样平平静静。上班下班的人依旧谈着男人女人孩子衣服吃饭住房，谈论着本县本省中国外国的事；汽车三轮车拖拉机在街上飞奔；人们急促地行走；流行的音乐与悠扬的唢呐一起轰响。我就那么望着灿慢慢走远，最后，我的骨头像被什么东西浸泡后酥软得散了架。

我不敢也不会说给任何人听，尽管梅一直关心我，但不会给我带来根本性的希望。

天一直阴着，偶尔下几点碎雨。我已经好多天没出房子了，外面究竟是什么样子我一无所知，为了使自己能正常生活，我开始读书而后强迫自己坐下来写东西。我需要爱情而不只是幻想，并且我应该反思一下自己，究竟在什么地方出了毛病，我这样疯疯魔魔折腾了几年，已经耗尽了精力。

然而，我连一篇东西也没写出来的时候，梅满脸愁云地站在我的面前。

梅问我："还记着灿吗？"

我感到有些莫名其妙，难道梅一直关心的就是这个问题？我苦笑一下，很疲倦地摆了摆头，此时此刻，我心中泛起了一阵凄楚。

梅的目光一动不动地盯着我，像太阳光那样强烈，她的两只手微微颤动着，她的身体轻飘飘的，好像随时可能倒下。

梅说自己说不准要结婚了。

我说："结婚是喜事呀。"

梅的脸色陡然间变得惨白，她一字一句地对我说她不爱那男人，说只有我能救她。

我还是明白不了，我有这个能力救她吗？她不喜欢那男人，不结婚就什么问题也不会存在了。

梅突然改变了话题，她说她知道我对灿好，灿也对我好，可她知道，我和灿不可能了。因为，灿快要生孩子了，灿有了孩子就是母亲了，她会把那份爱给孩子的。

我的脑袋像被什么狠狠击了一下，一片空白。

梅的眼眶里有闪闪的泪花，她强忍着，没哭出声来，过分的激动使她有点结巴。梅说了一个很长的故事，故事的主人公是我，还有梅自己，她问我是不是全忘了。

我这才清醒起来，在我大学毕业等待分配的日子，一次演唱会上，梅的歌声打动了我，是的，我曾为梅拼命鼓掌过，后来，我特意站在舞台后面，无话找话地跟梅聊天。当时梅说了什么已记不起来，我只记得我们约好有一天再见，记得我的心是那样激动幸福，那天晚上我彻夜未眠。

想到这些，我突然觉得自己纯属一个白痴，我这些年来一意孤行，疏忽了太多，我这沉甸甸的心开始滴血。

梅说完故事就走了。她无法摆脱目前的困境，我也无法一下子做出决定，在爱情这条有始有终的河里，我已经奄奄一息了。

因为梅的突然到来，我的生活又失去了平衡和安宁，梅从此没有音信，这无异于在我伤痕累累的心窝上又撒了一把盐，最后我鼓足勇气把电话打到梅的家里。她姐姐接电话时骂我浑蛋。我无话可说，又不忍心就这样撂下电话，梅的姐姐最后说，梅是一个很纯洁又很固执的女孩，因为我，她已经出走了。

梅为了逃避婚姻出走，我想世界上没有比逃避更可怕的了。偌大的国度，纷乱的人生，能逃避什么呢？

我再也无心读书写作了。

一个晴天，阳光很温柔地照着人们的脸，我就像囚犯一样从房子走出，毫无目标地走在街上。一阵又一阵的唢呐声飘进我的耳朵，一支长长的迎亲队伍从我前面走过。新娘穿着火一样的旗袍，头上戴着火一样的花朵，一脸笑容，一脸妩媚，一脸灿烂。

一根水泥电线杆下，灿站在那里。我心里难过得一塌糊涂，我想离开，是的，远远离开，但我走不动。

灿挺着隆起的肚子走过来，她浮肿的脸上起了不少黑斑，她走路的姿势非常难看，有些拖沓，她走近我，脸上毫无表情，她只问："你还喝酒吗？"

我摇头。

灿说不喝酒好，她还说想梅。

灿说梅临走时她们见过一面，是梅约她见面的，梅告诉灿说她一直爱我，但我没有接受。

我颤抖起来。世事竟然这样深奥。

我和灿就这么默默地站了好几分钟，然后我说了句"你多保重"便转身走了。

我真真实实地哭了。

我独自一人去了酒馆，喝完了酒，发现自己躺在黑暗的房子里，一个破锣似的嗓子不知是在喊还是唱。我很艰难地站起来，顺手扣住胸前的扣子，跌跌撞撞地走出那黑暗无比的房子。一个肥壮的女孩跑过来扶住我，她嘴很甜地说："大哥给点小费吧。"我掉转头，惨淡地笑了笑，我说："不就五十元钱嘛。"说着顺手摸了一张，我没看是五十元还是一百元，反正对我来说无所谓。我只觉得眼前一张张陌生的脸孔闪过，就像远处闪烁的灯光一样，红红绿绿，忽明忽暗，接着便是一片漆黑。

那条叫作爱情的河，在我心中停止了流动，而后便干涸了。

小城往事

　　王玲和盛伟是高中同学。在校三年里，王玲记得盛伟性格有些怪，经常一个人躲在没人的角落手舞足蹈地朗诵外国人的诗。王玲是县城里长大的孩子，无忧无虑，不像盛伟来自农村，经常是一脸的凝重，似乎每时每刻都在思考着什么。因为盛伟在班级里学习好，女生们常在私底下议论这个农村青年将来考名牌大学是手里捏定了的事，况且，他人又长得标致，鼻子是鼻子脸是脸，几乎挑不出什么缺陷。这样一来，女生们就开始猜测盛伟会爱上班里哪一个女生，可猜来猜去觉得谁都不可能。整个年级放眼望去，经过一个个排队考察之后，女生们很失望，因为有人甚至跟踪过盛伟，很快发现这个小子不食人间烟火，居然没跟任何一个女生有来往。这样一来更是让大家感到盛伟有些深不可测了。最后，有女生偷偷地说："他是不是那个有毛病？"

　　王玲听了后十分认真地和那个女生对峙过。她问："你试过吗？"这样的问题让对方无地自容，只能红着脸嘟嘟囔囔说："开玩笑嘛，干吗这样认真！而且他又不是你的那个人。"王玲还有些不服气，在那一刻她的心里咯噔一下，是啊，如果盛伟是自己的那个人就好了。

　　从此王玲有意地接近盛伟。在盛伟朗诵诗的时候，她总是一个人在不远不近的地方倾听。日子久了，盛伟当然注意到她了，算是第一次亲密接触吧。盛伟主动走过来问："你也喜欢诗歌？"王玲下意识地点了点头。实际上，她心里说："我才不喜欢呢。"

"我们算是知己了。"盛伟十分认真地说。王玲激动了半个学期，她有些夸张地向女生们宣布：盛伟爱上她了。

这让所有人大跌眼镜，许多女生为此偷偷地抹过眼泪。

很快，高中毕业参加高考。盛伟当然像大家预期的那样如愿以偿地考上了省城名牌大学，而王玲只考上了三本。这样一来她的自信心被打倒了一半，觉得自己和盛伟没戏了。其实她自己也清楚，盛伟从心底里就没喜欢上自己，这小子因为喜欢诗歌而把一切都抛诸脑后。可万万没料到，大学四年毕业后，这个白马王子居然也回到了她们这帮丑小鸭中间，这让同学们都始料不及。所以，大家隔三岔五地在一起谈天说地，发泄情绪，回忆往事，喝得酩酊大醉，大家觉得这世界的美好生活才刚刚开始……

这世道弄不好肯定要出事的。当初盛伟全心全意帮助贺雅利是真的。盛伟说他第一次见到贺雅利心里便有了她，说白了就是爱上了。他一说出口，又觉不妥，因为贺雅利有男人了。每次一块儿喝酒，朋友都提醒盛伟说爱上有夫之妇很危险，有时甚至是陷阱。即使有真情，自个儿也要掂量一下轻重，好端端的一个家叫你搅黄拆散，人们怎么看？你的道德需要重新审判。盛伟不断说："这感情的事，谁也没法子。"每次喝完酒，他偷着给贺雅利打电话，贺雅利总是小心翼翼地给他发过来一行字：千万别打电话，有甚事见面说。

盛伟像没魂似的整天想着贺雅利，他不轻易对别人说。每次贺雅利给他发来信息时，他都感到有一丝凉意。见面的机会太少了，县城就这么小，前街放屁后街都能听得见，这事搁在心里太难受，种种怪模怪样的东西老在脑子里转，为甚偏偏爱上贺雅利？这样翻来覆去地想，盛伟被折磨得有些撑不住了，鬼迷心窍了吗？不是，就是有感觉，这种感觉在别的女人身上没有，只有贺雅利。盛伟还是忍不住打电话。

"你怎么就不听话呢，不要打电话呀！"贺雅利几乎是求他了。

"我想你。"盛伟直截了当地说。他感到浑身发热，要燃着了一样。

"要控制，懂吗？这样会出事的。"贺雅利几乎哀求了。

"我不怕。"盛伟十分坚定地说。

贺雅利没办法，她有些心虚，老是担心哪一天会出乱子。这个小地方只要一出门，眼熟面活，到处是认得的人，即便叫不上名字，也能晓得他住在哪条街哪个巷。贺雅利在一家几乎要倒闭的公司上班，上面一直说企业要改制，她便在家里等消息。有一次好姐妹王玲兴致勃勃地跑来请她去吃饭，她起初推脱说不去，恰好丈夫打来电话说跟别人去省城了，王玲扮着鬼脸对她说："这下自由了吧？出去透透气，说不准饭桌上你能看上一个相好的呢。"

"你才这么想！"贺雅利当时就害臊了。

说是说，贺雅利还是没经得住王玲的鼓动，她想，反正丈夫不在家，自个儿省得做一顿饭。于是，她梳洗打扮了一番，决定跟王玲出去散散心。可是，临出门的那一刻，她犹豫了。她问王玲："都是生人，合适吗？"

"一回生两回熟，哪有合适不合适的。"王玲催着她赶快锁门走人。

贺雅利晓得王玲的生活圈子很大，政府部门都能认识几个人。她也晓得王玲的感情生活更是摇曳多姿，许多男人在她跟前顺溜得就像一只绵羊，每天都有人请她吃吃喝喝而且隔三岔五地拿着礼物送给她。王玲说这才叫社会，才叫生活，男女说说笑笑推杯换盏才使生活充满了欢乐。王玲还说自己身上穿的、用的全是男朋友送的，甚至内裤也有人送。贺雅利每当看着王玲眉飞色舞说这些事的时候，心里多少会鼓噪一阵子，全身上下鸡皮疙瘩起了不知多少回。她开玩笑地问王玲："你究竟有多少男朋友？"

"要数字吗？"王玲不屑一顾地说。

"不是。我说好的，就是铁杆的那种。"贺雅利反倒觉得心虚了。

"我也不晓得。"王玲手支着下巴，思索了一下说，"管他呢，好一天算一天，不像你在一棵树上吊死。"

这句话戳痛了贺雅利的心。

贺雅利初中毕业就回家帮母亲干家务了，那年月家里人口多，日子过得十分紧巴，吃饱穿暖是当务之急，据说孩子们不念书回家干活确实能让家里很快富裕起来，有种地的，有贩炭的，还有在家做衣服的，当然挣零花钱就不成问题。其实贺雅利在家的日子还是向往念书的，她看着庄里的同伴背着书包唱着歌去学校的情景，心里掩不住一阵酸楚，不过只一阵子，很快就过去了。她晓得念书已经与自己无关了，接下来的日子就是学好做家务，将来找一个称心如意的丈夫。过日子嘛，农村人没那么多的讲究。

贺雅利十分聪明，她是做家务的一把好手，庄里人都夸这女子将来谁娶了当媳妇便享清福了。这样的话贺雅利听了当然更加自信，即便是好伙伴王玲考上了三本，她也有些不屑一顾。无论模样、身材，王玲都无法和她相比。至于学业前程，贺雅利有自己的打算，这全靠命，命里有的一定会来，只要有一个心疼她、呵护她的丈夫她就心满意足了。人一辈子不就要个幸福吗？

那次贺雅利让王玲三说两说还是参加了饭局，大家坐定后王玲十分隆重地介绍了一番贺雅利：俊女子、巧婆姨、性格好、身材好，还会体贴人。王玲一口气说了一大堆好话，这让贺雅利更是坐不住了。她红着脸不敢正视在座的人，并对王玲说："你这张嘴就像个小喇叭，我哪有那么好。"

盛伟坐在贺雅利对面，起初还没注意她。王玲挨个给贺雅利介绍所有的朋友，到盛伟时，王玲突然起身走过来双手搭在盛伟肩膀上轻轻拍打着说："俊女子，这位帅哥是咱县里的能人，诗人，属于出名的那号，唯一缺陷就是未婚，心高气傲，没一个女孩能装进他心里。"

众人附和，这越发让贺雅利觉得心里怪怪的。盛伟看着贺雅利，跟她问好,然后回头对王玲说:"你就别吹了,人家女孩都要寻一个'活人',不是寻'死人'。如今社会,是显摆财富的社会,才华算什么,诗能当吃的呀?"说完回头又看了一眼贺雅利,他瞬间觉得这女子听他说话时表现出的平静与几分羞涩让他动心了。

贺雅利点点头,算是认识了。王玲从桌子上拿起烟盒,十分熟练地顺手抽出一支烟来,旁边的男生赶忙掏出打火机,有点献殷勤地给她点着说:"王玲同志是条汉子,抽烟喝酒是女人中百里挑一的。"

"你这是在夸我还是贬我?"王玲朝男生吐了口烟。

盛伟不太喜欢王玲,觉得像她这种性格的女子,没一点女人味,可在某些场合,比如几个朋友聚会,没有王玲张罗也不行,更何况隔三岔五王玲就会引来新鲜面孔,无论是男是女。盛伟觉得自己还真是孤傲清高,论交际能力,他无法和王玲相比。

盛伟在大学时,认识一个同样爱写诗歌的女生,她家在陕南山区,论条件比陕北强不了多少,俩人可以说是情投意合,除了谈诗歌外,很快进入热恋程序。那女子长着单眼皮,天生丽质,有江南女子的韵味。特别叫盛伟动心的是她有陕南女子的古典美,班里不少男生私下里常说,一个生在黄土僻壤之地,一个生在穷山恶水之乡,居然还有那么多激情澎湃。学院里无数的高富帅,算啥?没品位,只是精神空虚的皮囊。盛伟那种诗人的气质,无人能比。

俩诗人的诗歌写得让无数男女竞折腰,俩人的爱情轰轰烈烈得叫许多男女羡慕嫉妒。

省城的一个高富帅在校园拦住了盛伟说:"凭什么?靠几句臭诗就想玩弄女人?"

盛伟觉得莫名其妙,这分明是歧视,狗眼看人低。他怒火冲天,说:"你以为你是谁?狗日的炫耀个尿,老子写诗与你尿相干了?"

省城男生不服气,但惧怕陕北这毛头愣脑的后生,看到他的脸都变形了,知道好汉不吃眼前亏,再找个日子理论。那男生摆摆手走了。

提起这件事,盛伟半个月二十天气都不顺。他觉得省城这高富帅欠打。然而，陕南女子对他说："和解吧，人家老父亲是省里的什么头头，咱乡下人，惹不起。"

盛伟听不惯的就是这句话，他才不管什么省里的头头，谁欺辱他他就跟谁过不去，所以大家送他外号"一根筋"。

那天盛伟与几个诗友喝酒，大家高谈阔论后有些喝高了，陕南女子提议大家去歌厅唱歌，大家一致鼓掌同意。他们有些跌跌撞撞地走出饭店，在大街上肆无忌惮地唱着歌，去寻找灯红酒绿的歌厅，走到转弯处，两辆轿车停下来堵住了他们。

盛伟几个停止了歌唱，轿车里钻出了几个人他们没数清，只听陕南女子恐惧地说："不要！"

原来是高富帅站到了盛伟跟前，他用手指戳着盛伟的鼻尖说："除非你认尿了。"

盛伟是诗人，没想过认尿。他想，这狗日的不就是省城的一混混嘛，显摆个　，有权有势又能怎样？现在社会是公平的社会。他甚至还想，要不就算　了，自己比他素质高，一个高素质的人怎能和一个低素质的人斤斤计较呢？然而，很快，他的大脑又模糊不清了。对方分明是与自己决斗来的，为荣誉或为女人，也可能是因为诗歌……盛伟鄙视对方。他斩钉截铁地回过去："你的心太阴暗了，也很龌龊。你的老子没教好你尊重别人吗？"

也许在这一刻，盛伟做好了拼命的准备。然而他的几个诗友早就吓得屁滚尿流，一个个不见了踪影。陕南女子开始哀求说："放过我们吧，看在校友的面子上。"

"狗屁！你们还写诗？有什么了不起，狗屁诗！简直是狗屎！"

盛伟觉得不能忍了。看不起自个儿可以，玷污诗歌不可以。他出手了……

盛伟从此以后不愿提起这件事，打架让他狼狈不堪，校方迫于压力，差点开除了他的学籍。他突然间像变了个人似的，漠然地看着人和世界，他想得到的公平失衡了，权势还是能把他压得喘不过气来。他不服，好在许多朋友说好汉不吃眼前亏，他软了，有些窝囊，一个激情澎湃的诗人颓废了，陕南才女也对他说了拜拜。

"我就晓得是这结局。"

其实盛伟说这话是自欺欺人，他把感情很当一回事的。别人说文人圈和演艺圈都很乱，只要志趣相投就一拍即合，女孩都愿意献身。盛伟不这样，很浪漫、狂傲，有尺度与分寸感，在他眼里揉进去的人不多，但他不是另类，与大多数同学能相处。可他没想到，陕南女子在关键时刻放弃了他。他们的关系，大家还一直看好。陕北陕南两个地方对等相称，而且他们是因为诗歌相爱的，怎么说变就变了呢？盛伟感到有东西在撕扯着他。

"难道爱就是这么回事？"盛伟不甘心。他觉得自己整个身体被掏空了，剩下的只有躯壳，没有灵魂。

"爱有时是错误的。"陕南女子眼圈红着。她不停地摇头，好像做了一件不可饶恕的事。

"错误？我贱呀？！"盛伟有些激动了。

陕南女子哭了好一会儿，然后孤零零地走了。她说以后盛伟会明白的，盛伟一头雾水，像一具僵尸。他就这样告别了自己的初恋，也匆匆拿到了毕业证回到了老家。

盛伟回到县城便没心思写诗了，在他等待分配的日子里，几个要好的高中同学不停地请他喝酒。小地方，没上大学的哥们儿在四年里混出名堂，个个神气十足，兜儿鼓鼓的。盛伟被失恋打击后精神还没恢复过来，又被社会上突如其来的变化刺得心里发疼。上了四年大学，一无所有，理想、事业、爱情都丢了。毕业了，看着这几个哥们儿倒腾生意挣下了钱，而且要命的是有房子有小车，他却什么也不是，什么也没有。那种霉气让他场场喝醉，想当初指盼着写诗成名成家，万人敬仰，如今却落得这样狼狈的下场。盛伟第一次明白，这样一团糟的生活仅靠清高气盛写几行诗来改变是万万行不通的。

在小县城，他觉得自己混得不如意，一度感到失魂落魄，诗的魔力抓着他不放，现实让他劳累，甚至揪心。还好，大学回来没等多久，人事部门一纸文件把他分配到了文化单位，他以为自己终于出头了，但当他去这个单位报到时，大门上竟然吊着一把铁锁。

盛伟心灰意冷，他立刻明白这单位的境况，名存实亡。人事部门当初分配时竟然还考虑他的专业爱好对口呢。

就这样盛伟拿着那份文件转悠了一圈，慢慢才打听到那个文化单位总共才有四名工作人员，除了一个头头，大家都在家里做自己的事。单位的办公室破败不堪，甚至没水没厕所，他这才觉得生活很可笑。

这段时间他天天和几个哥们儿一起喝酒，有一次喝醉了，盛伟突然说起了他的爱情、他的诗歌，他说大学的生活是多么富有激情，还说那个陕南女子，最后稀里糊涂分手他也不明白为什么。说着说着他就哭了起来，泪流满面。一桌人听得云里雾里，有人建议送他回去，熟知他脾性的哥们儿说："不管了，酒醒后他自然会回去。"

盛伟一个人沮丧而愤懑地呆坐在那儿。没了人，他停止了诉说，他觉得十分丢人，眼睛哭得红肿，一个人一杯一杯地喝茶，然后站起来不声不吭地走出饭馆。

有时哥们儿略带嘲讽地对他说："那个陕南女子有甚厉害的，你们关系深到哪个地步了，把你弄得丢了魂似的。"

"不准你们如此诬蔑！"盛伟变脸说。

大家换个话题："另找一个吧，哥们儿帮你物色。"

"我不至于这样可怜吧？"盛伟十分坚定地说，"可惜佳人难遇呀！"

就在盛伟无聊至极的时候，连他自己也没有明白过来，人事部门一纸调令把他介绍到了县长身边。于是，那帮勾肩搭背的朋友一个个睁大眼睛，重新审视了他一次。这小子，有能耐呀，真人不露相，一直玩弄假悲情呀——反正，既然从一个只有名称的小单位调到县政府办公室当秘书，这是人生的飞跃，哥们儿几个轮流安排饭局。

盛伟当然推辞不掉，关于调动的事，他也一直糊涂，直到有一次下乡的时候，县长问他适应不适应文秘工作，要命的是县长问他还写不写诗。

盛伟有些无地自容了,他红着脸有些尴尬地对县长说:"工作还好适应,诗写不了几首。"

县长好像夸了他几句,盛伟一句也没记下,当时脑子热,一个劲地胡思乱想,连心脏都在怦怦直跳。他不停地自问:为甚?为甚当秘书?

县长似乎十分了解他的心思,鼓励他说年轻人要干一行爱一行,并且说在政府办公室能学到诗歌以外的东西。

盛伟明白县长的话。

哥们儿几个简直听傻了,他们说自己巴不得结识县长跟前的红人。王玲说得更露骨,她拍拍盛伟的肩膀说:"兄弟出头之日,便是我等享福之时。"

"一个小秘书,有甚可出头的呀?再说,我一时半会儿适应不了这差事呢。"盛伟十分认真地对大家说。

王玲神秘兮兮地说:"好好干吧,到时你就明白了。"

饭局上哥们儿几个似乎对盛伟更殷勤了。他们不停地奉承还是读大学好,还是吃公家饭好,还是当官好,一个人在社会上不仅仅需要钱,更重要的是名声,等等。盛伟听得有些腻了,几个财大气粗的哥们儿竟然学会了奉承人,而且拍起了马屁?他觉得这种相互赏识和彼此维护有些俗气,用王玲的话说叫"互相吹捧,共同进步"。

盛伟说:"你们过高地估计我了吧?"

王玲嘴快,说:"人不可貌相,海水不可斗量。以你的才气,现在是秘书,将来就是县长了。"

大家纷纷举杯,把目光齐刷刷地投向盛伟。盛伟明白大家的意思,反正都是老朋友了,说出来的话都是善意的,权当玩笑罢了。他想自个儿从省城回来,也就是这帮哥们儿招呼着,要不然一个光棍后生回到县城,孤苦伶仃,日子过得多恓惶。这样想着,他便十分爽快地接受了大家的敬酒。反正,一醉方休,什么事业、爱情统统见鬼去吧!

盛伟喝高了的时候，突然问起贺雅利来，众人面面相觑，不明白他的意思。王玲站起来，摇晃着身体，声音依旧那么清脆："不会吧，大诗人，不会爱上人家了吧？"

"爱上又怎么了？我还就爱上她了。"盛伟很认真地说。

哥们儿几个笑了，以为盛伟在说醉话。有个哥们儿问："哪个贺雅利？是诗女还是仙女？"

王玲笑翻了。她控制了一下自己说："就是上次我叫来的那位，人家可是有夫之妇呀。"

"少妇？！"大家随即绷紧了脸，问盛伟是不是在开玩笑。

"我一眼就看出来，她真诚、善良、美丽，她身上充满了吸引力，她注定是要影响我的人，笑容、语调，还有一举一动，特别是眼睛，我都难以抗拒。这样的女人需要赶紧去呵护。"盛伟像朗诵诗一样激情澎湃。

哥们儿几个你看我，我看你，极力回忆上次吃饭坐在一起的贺雅利。王玲凑到盛伟身边，附耳对他说："可以做情人，但千万别动真格的。"

"爱一个人就要动真格的，不然能叫爱情吗？"

王玲看着盛伟，摇了摇头，只好举杯说："那就为爱情干杯吧。"

现在，大家才真的相信盛伟说的不是醉话而是真的。王玲嘟囔着有些懊悔，自己当初不该把贺雅利拉进这个圈子里。饭局过后盛伟不停地主动打电话联系贺雅利。贺雅利似乎有些触动，在进退两难中只有哭鼻子的份，她对王玲说："这可怎么办呀？"

"怎么办？顺其自然嘛。"王玲觉得自己平日里老练的本事全无影无踪了。

"我有丈夫呀。"贺雅利眼睛都哭红肿了。

"狗屁！不是没爱情嘛。"王玲也很乱。她以前谈过恋爱，很快便结束了。后来，她有许多男朋友，都是逢场作戏的那种，她不相信爱情，只相信友情。许多男人打她的主意，她心知肚明，但不拒绝，她可不在乎你是什么样的男人，你必须有钱出钱有力出力。盛伟不一样，起初清高是因为他对诗歌的执着，后来完全是君子之交，他从未有过非分之想。有一次王玲喝多了，死活要睡在盛伟的窑洞里，盛伟一整夜就那么坐着，还给她写下了一段刻骨铭心的话。第二天早上，她读了那段话后明白，盛伟心里装的是另外一个世界。

贺雅利去找盛伟是迫不得已，她们单位人员都要进统筹了，人事部门却找不到她的档案，办事人员说没档案就发不成文件，这下子把贺雅利难住了，她再三请求办事人员能不能仔细找找，谁知人家瞪着眼问："怎么找？全县上万号职员怎么找？"并且不耐烦地问贺雅利："你究竟有没有档案？说不准是临时工吧？"

贺雅利从人事部门走出来，开始懊恼起来。她先是怨恨自己没能耐，接着怨自己的丈夫，接着又恨人事部门，为什么他们总是高高在上而且脸那么难看呢？

这样想着，她觉得整个政府大楼没一个脸色好看的，自己除了满肚子的气，还能有什么？她正这样胡思乱想的时候，盛伟站在她面前了："雅利，忙什么？脸色这么难看。"

贺雅利吓了一跳，她平常从不进县政府的大门，也没几个熟人，看见盛伟，她立马脸红了，而且有些紧张，她随口说找一个人。没料到盛伟半开玩笑半认真地说："是找我吧？"

贺雅利感到巨大的压力落在了自己身上。是的，她没想过主动找盛伟。她担心这个单纯的男人真的会不顾一切地做出荒唐的事来。她一直提醒自己是有丈夫的女人。接着盛伟热情地邀贺雅利去办公室坐坐。贺雅利犹豫了，看着从楼梯上上下下的人们都用异样的眼光瞅着他俩，她有些慌乱，不由自主地随着盛伟到了办公室。

"在政府上班就是好。"贺雅利随口这么说。

"你说工作还是我？"没想到盛伟给她递过来水杯时一脸的坏笑。

贺雅利十分激动，感到特别兴奋。她有些不敢正视眼前这个男人，这男人这样直白地喜欢自己，就像一把熊熊大火烧烤着她。但是她很害怕，她不知道这样下去会是什么样的结果。

"我又吃不了你。"盛伟一眼就看穿了贺雅利的心思。这让贺雅利心惊肉跳。

"我……你真的……我男人……"贺雅利不知说什么才好。

"你们百分之百相爱吗？"盛伟问。他走近她，眼睛火辣辣地盯着她。

贺雅利不由自主地站起来，她想回避他的目光。然而，她没有退路了，显得更加慌乱，手中茶杯里的水早已洒了一地。

"我爱你，真的。"盛伟突然用双手扳住她的肩膀直看她的双眼。本来她是有防范的，不想这样和他有什么感情纠葛。可是，自己还没弄清楚，盛伟怎么会做出如此行为呢？

贺雅利想推开他，但没有力气，在他的办公室又不能吵不能闹，她只想尽快息事宁人。然而，她觉得自己被这狂风暴雨般的炙热的感情给撬走了魂，这种不可抗拒的魔力让她第一次感到作为女人被爱着的幸福。

"你离婚吧。"盛伟拉住贺雅利的手，含情脉脉，一副乞求的样子。

贺雅利感觉有麻烦了，她想这个男人太单纯了，现在是什么社会，大家都拼命挣钱，对婚姻和爱情分得一清二楚，这种富有诗意的爱情不会长久的。她极力挣脱他的手，心里一团糟，这诗意的充满浪漫的生活是要付出代价的，她没想过离婚，她开始害怕了。

"不，不行的。"她将手从他手中抽出，语气里充满决绝。

"为什么？"盛伟一脸的茫然。

"我没想离婚。"贺雅利加重了语气，声音有些哽咽。

"没有爱，是什么？我不管，你说，你爱不爱我？"盛伟急了，他松开她的手，满房子转圈，声音震天响。

贺雅利有些恐慌，外面楼道人声脚步声清清楚楚，要是有人闯进来怎么办？贺雅利有些不知所措了。接下来，她勉强笑了一下，掩饰自己的慌乱，说："你帮我一个忙吧。"

"要条件交换？"盛伟立在原地，一动不动地瞪大了眼睛。

贺雅利心被刺了一下，很疼。她觉得自己无法摆脱这个男人的纠缠了。如果不下狠心，她不晓得是会毁了自己，还是毁了这个男人。

"也许吧。"贺雅利说出口又后悔了。这是什么狗屁话，难道自己真的愿意吗？如果附加了条件，他会拒绝。自己又是什么人呢？

"无论你怎样讲条件，我都不会拒绝。"没想到盛伟斩钉截铁地说。

"为甚？"贺雅利没招了。

"为爱。"

贺雅利已不会说别的了。恰好这时有人敲门。没等盛伟说什么她便开门出去了。这不如说是逃脱。敲门的人看了她一眼，并且十分礼貌地点了一下头。贺雅利的心彻底碎了。要不是整个楼道空空荡荡，她满目的泪水早让人觉得不可思议了。

贺雅利走后盛伟立马给王玲打电话。他有些动情地对王玲说贺雅利有什么事他帮定了。

"甚事？"王玲在电话那头一头雾水，有些诧异地问。

"所以才求哥们儿打问一下。"盛伟用十分严肃又多少带点请求的口气说。

"真的发展了？"王玲有些怀疑地问。

"什么呀，序幕才拉开。"

"盛伟，有夫之妇，你可要想好。"王玲带些醋意地警告说，"小心有人打断你的腿。"

"嘿嘿，为爱情死而无悔。"

"狗屁！鬼才相信爱情。"王玲有些妒忌地略带讽刺说，"下午你请客，庆贺你爱上个二手货。"

"客我请。另外，我警告你，再不准说二手货。雅利可是你的好朋友。"

王玲一口答应了。

盛伟把堆的文件处理了一下，早早地去理发馆收拾了头发。时间还早，他又分别给贺雅利和王玲手机上发了一条信息，告诉她们饭店地址，并注明不见不散。

王玲收到信息后开始一一打电话，她叫来的还是那帮狐朋狗友。反正这群人都是在社会上混的，大家乐意在一起。最后，王玲打电话给贺雅利。

"我就不去了吧。"贺雅利有些心虚地说。

"这叫什么事？你是主角，你不去我们吃什么？"王玲提醒她，"盛伟给你发信息了吧？他是铁了心肠吃你。"

"王玲，你就别辱没人了。"

"这事还真由不得你，猫不上树狗撵着呀。"王玲自己笑得咯咯的。

盛伟订的二街饭馆刚开张，装潢十分讲究，站吧台的小女孩脸上有两个小酒窝，笑起来甜甜的，仿佛天生就是讨人喜欢的料。不一会儿，大家一个个进来，挤弄着眉眼说："天不刮风天不下雨尽是喜事，哥儿几个上次臭味还没散，今儿又一块儿相投呀！"

盛伟没有像平时那样去争辩，他说写材料写得闷，大家一块儿放松放松。王玲凑过来，附耳跟他说："美女还不一定请得来。"

盛伟唰地变了脸，他把身子朝后躲了躲说："玲子，这可是你张罗的呀！"

"是呀，我这闺密过河拆桥么。当初我领她认识你的时候还扭捏呢，现在是摆谱了。"王玲说。

大家听不出道道来，问盛伟什么意思，有新情况了？

盛伟的目光还在王玲身上。王玲有些不自在地嘟囔着："大家又不知你俩怎么回事呀！"

"打手机问问，朋友们一块儿相聚总不能扫兴呀！"盛伟有些急了。

"你打呀，说不定人家就等你电话了。"王玲拧开酒瓶盖，把酒杯都收拢过来倒酒。

盛伟稍微犹豫了一下，他清楚自己不能给贺雅利打电话，之前贺雅利千叮咛万嘱咐，要是她男人在家，打手机的后果很可怕。但现在，他顾不了那么多了。大家都说试一试他在贺雅利心中的地位，要是一厢情愿、单相思可把人丢大了。一个诗人，有文化品位的大秘书，面子往哪儿搁？这么一起哄，盛伟也不想那么多了，他还是走出去打电话，却没想到真的有麻烦了。

"你是谁？"手机那头是个男人，除了嗓门高还十分不友好。

"我……我是贺雅利的朋友。"盛伟有些紧张。他想麻烦真的来了，自己感到心跳得突突响。

"朋友？哪一类朋友？"

盛伟怔住了。哪一类？他觉得快崩溃了。

"我告诉你，别再胡骚情了。什么朋友，想勾引人家老婆还是朋友？"很显然，那边接电话的男人是贺雅利的丈夫。电话挂断时，盛伟才清醒过来，明白自己犯了一个大错误。

"怎么样？"大家迫不及待地问。

盛伟坐下后还是铁青着脸，他觉得很失落，就像被贺雅利的男人扒皮开膛了一样。一阵浓烈的冷意裹着他。他看着大家，半晌后有些哆嗦地说："开始吃吧。"

大家预料到了什么，动筷子开始吃了。王玲举起一杯酒说："咱什么大风大浪没见过。来，为哥们儿友谊干杯。"

大家碰杯咣咣地把酒干了。

本来盛伟坐在中心位置，旁边大家特意留下一个空位。现在，大家心知肚明，猜出盛伟碰了一鼻子灰。至于原因，谁也不好追问。喝了几圈后，盛伟主动提出要打关，一轮下来，他已经有几分醉意。王玲借机凑过去坐在那个空位上抢着和盛伟喝酒，时不时咬着耳朵说话，大家都听得明明白白。

"至于这样子伤心吗？"

"你说呢？"

"这年头,爱情这个词人们都忘了,可你却偏偏要捡起来。"

"王玲,我不像你,我什么事没认真过?"

盛伟眼睛射出的光芒能杀人。

王玲坐直了身子,突然哈哈大笑起来。那声音,震得整个包间都发响,听起来也凄惨。她说:"还算狗屁朋友!你把我看成妓女?盛伟,你这相好的还是我找来的,都是一样的女人,你至于吗?"

"都喝高了,醉话。"众人一看不妙,连忙收拾东西,有的站起来,扶着王玲,还有的劝盛伟:"点到为止,朋友一场,别搅深了。"

盛伟还是拿着酒杯,他似笑非笑地嘿嘿几声,众人看着感觉很恐怖。王玲开始哭喊起来,那声音撕心裂肺的,而且不停地叫:"盛伟,你算屁!写诗怎么了?当秘书怎么了?白眼狼一个!"

盛伟推开拉他的人,他又喝了一杯,十分坚定地说:"都滚吧,我需要一个人静静。"

饭馆好像有人从门缝偷看。随之而来的安静让盛伟觉得空气也凝固了。他不停地喝着,脑子里突然冒出一个奇怪的念头:我要和贺雅利的丈夫决斗。

爱情缠绕着　奄奄一息的灵魂

那颗无限中猜疑的心跳出来

如此鲜活

即将被人放火上烧烤

能否回头

可已从嗓子眼发出的我爱你

早被舌头咬烂

一个有始无终的故事

成了一种谣传

……

盛伟开始痛哭流涕，他没出声，一个人喝着酒哭着。他想这首诗是别人写的还是自己写的？记不起来了。他只晓得自己在这个世界里，触及的根本就是一团雾气。

王玲没走，她和盛伟一样哭得稀里哗啦。窗外的灯光通亮，街道上人声鼎沸，汽车的喇叭声响彻整个天空，霎时间盖住了所有的噪声。

"王玲，我是不是犯贱？"盛伟抹了把泪。扭曲的表情回位了。他往杯子里倒酒，也给王玲倒了一杯，继续说："我怎么觉得越活越糊涂了呢？"

"你呀，就是犯贱。我刚才不是骂了吗？别再高估自己了，有个尿本事？自个儿活得不快活还活着干甚？"王玲又笑了起来。她喝了一杯酒，把空了的杯子举得高高的，接着一松手，杯子掉在桌子上碎了："人就像这杯子，心碎了就什么也不是了。"

"你还算朋友。"盛伟凑过来，差点跌倒，他身子有些摇晃着，抬起右手拍了拍王玲的肩膀说，"我太不尊重你了。"

王玲温柔地靠过去，一串泪珠又淌下来。一脸的泪珠在灯光下晶莹透亮，闪闪的光让盛伟出现了幻觉，他亲昵地抚摸着王玲的头发，接着替她擦着泪珠。王玲一下子清醒了许多。她想拿开盛伟的手，但两条胳膊软得像没了骨头似的。她的心在突突地跳。盛伟这突然的举动是为了安慰她吧？他自己这样想过吗？王玲感到自己的思绪早飞到九霄云外了。反正，她是喜欢他的……

盛伟第一次在众人面前出了丑，用他自己的话来说简直丢人丢到家了，不是一个男人。然而，他就是不服气，贺雅利与那个男人过日子一点也不幸福，为甚自己就不能选择爱她呢？这种情绪影响着他，写材料的时候乱了方寸，他根本没领会领导的意图，甚至把领导的提示当作耳边风。这样，新的压力来了，而且叫他喘不过气来。

主任把材料往盛伟面前一放，口气十分严肃地问："这是你写的？"

盛伟一脸的茫然。

"没重点,东拉西扯什么逻辑,领导不是给过提纲吗,这种材料也敢交出手?"

盛伟想了想,说:"后果不至于那么严重吧?我重写不就是了吗?"

主任愣愣地看了盛伟几秒钟,不冷不热地说:"当初调你来还真以为你是块料呢。"说完,主任头也不回地走了。盛伟全身缺了骨头似的,无精打采地呆坐在办公室,眼睛一刻也没离开那材料,心里还在说,狗屁,讲来讲去还不是空话。

当天夜里王玲打来电话,说贺雅利真的和丈夫闹离婚了。

盛伟一下子从床上坐起来,出了一身虚汗,他脑子此刻特别乱,白天材料的事还挥之不去,贺雅利真的要离婚?是因为自己吗?若真如此,他是不是不道德?他突然对自己的执念产生了怀疑。最终,盛伟还是被爱冲昏了头脑,算屌了,为了爱什么都舍得豁出去了。

事实上,盛伟是个经不起刺激的人。跟别的男人相比,还是显得不一样,似乎在常人眼里,他就是个"另类",什么诗人,纯粹有些"神经"。如今社会,一般男人不会像他这样死钻牛角尖,而是讲"现实",他做出的决定常让人意想不到。按理说,大学毕业了,又经过恋爱的失败,回到小县城一直混得不如意,诗歌写了一沓,发表的寥寥无几,反而引来了嘲笑;仕途就更不用说了,刚进政府办公室没多长时间,偏偏又纠缠上了一个已婚女人。况且,他一贫如洗,没房子,没车子,更没存款。越来越多的人开始看不起他了。

但他还是坚持,常说:"我又不是给别人活,为爱,天塌下来也不怕。"

好朋友知道,他说的爱,是诗,是爱情。现在,贺雅利真的要离婚,他觉得有些被动了,自个儿什么也没有准备好,物质的,还有心理的。

一个女人真正要和一个男人在一个屋檐下生活,精神的东西虽然重要,可每天喝西北风不成吧?

其实很多时候，这种矛盾撕咬着盛伟的心，他问自己，反复地问，有时把他认为至高无上的爱情咀嚼过千遍万遍后，他还是固执地认为男女之间只要有了爱，其余的就根本不是问题了。但是，这种煎熬没人能明白，贺雅利明白吗？这样想着，他脊梁一阵发凉。至今，贺雅利从没说过爱自己呀！

既然这样，真的是他一厢情愿吗？

盛伟不踏实了。他记得王玲喝醉的那天晚上，自己酒醒后曾经写过这样一段话：心情，留给懂你的人/感情，留给爱你的人/不是所有人都晓得你的心思/不是所有的人都会对你微笑/你再出类拔萃肯定有人对你不屑一顾/你再庸俗也有人与你志同道合/生命的价值是自己看得起自己。人生的意义在于对自己所做的一切无怨无悔。心要强大，有一个爱你的人就够了，人不能朝三暮四，有一个人懂你的心就是一辈子的幸福。爱你懂你的人，晓得怎样疼你，也许这个人不在身边，但一定在你心里在你生命里，也许一生就这样默默不语，但肯定在关注你、守候着你……盛伟觉得自己当时十分明确和清楚，只要自己认定的，就不会有偏差，尽管别人不这么认为，而自己，就是这一个。

王玲曾对他说，这世界呀，男女之间多是玩玩而已，没有几个认真的。贺雅利算得上一个好女人、好妻子，她与丈夫也许没有爱，但生活还过得去。她丈夫回到家，她做好吃的端前端后伺候着，晚上丈夫再迟回家她都把热水准备好让丈夫洗脚。只有一点，结婚两年没有孩子，贺雅利总觉得愧疚。在别人眼里，小两口还是很恩爱的呀。

盛伟简直受不了了，他感到心脏快要跳出来似的。

"不，不会是这样。她男人在外寻花问柳，夜不归宿，两个人一年重复几句话，这生活算恩爱吗？"盛伟咆哮起来。

"也许吧，我不知道有没有爱是怎么一回事，可没有你，他们不是照样过日子吗？"

"可我晓得，她也是爱我的呀！"盛伟觉得自个儿就像泄了气的皮球，软塌塌地绵了下来。

接下来，盛伟在心烦意乱中开始给贺雅利写诗，他写一行撕一张纸，觉得任何词语都表达不了他的爱。最终，他不管时间是迟还是早，更不管从前与贺雅利的约定，还是把编好的短信发了出去。

生就是为你生/活为你而活/即便死/也是为你/我的爱人啊！

惧怕总是有的/触动我灵魂的是那么一张纯净的脸/我会因为爱/无论有无果实/怦怦的心跳/一切成为灰烬之后/在大地上的灰烬里还有你的容颜……

夜很静，一切无声，短信发出去了，没回音，盛伟晓得这个结果。

第二天上班，办公室的同事们都说盛伟眼有些浮肿，有人开玩笑说是不是哭鼻子了，他说是因为喝酒喝大了，没睡好。有人笑了，十分认真而且有些神秘地问他："不是让女人甩了吧？"

盛伟有些恼怒地看了同事一眼，他想，整天与这些无聊的人混在一起，自己显得更加迂腐了。没想到，自己满脑子的梦想，一步一步都成了泡影。

盛伟平时没想过这些问题，他现在才感到同事们眼神里带有另外一种意思，那就是嘲笑，再说严重点是讥讽、看不起。为什么，他不清楚。他只知道，一切缘由是自己造成的，要不办公室的同事一说话便是你们文人长文人短。这难道真的成了一种缺陷吗？

盛伟有些沮丧，整个人要疯了一样。现在，他对所有的事都感到无聊，他有些后悔自己为什么这样固执地选择，就像别人说一条道走到黑，看来不碰墙是回不了头了。可一转念，他又否定了自己，假如没有贺雅利，他的整个生活都没一点意义。然而，这种想象、期待，甚时是个头？盛伟感到自己在这个社会所追逐的，就是一个真字。这世界人与人之间没了真情，很可怕。可自己渴望得来的爱又是什么，连他自己也不清楚了。

这样的痛苦只有自己晓得，盛伟有时敲打一下脑袋或掐一下皮肉，还有感觉吗？

在别人看来这种爱近乎疯癫，怎么可能呢？当初他和陕南女孩没有这种死去活来的感觉，说分手也就分手了。其实盛伟一直担心，贺雅利毕竟是有夫之妇，弄不好真的要出事，他希望得到她的爱是不是有些强迫的，或纯属诗人的一种梦想。一个人陷进去了，什么也弄不清楚。

盛伟整理了一下纷乱的思绪，还是去人事局为贺雅利统筹的事跑了一趟。政府办的大秘书，多少有县长们的影子在后面，人事局毫不含糊，翻档案找文件，算是给足了面子。盛伟想，人就是如此下贱，无论多舍脸面的事，只要为真正的朋友帮忙，都是心甘情愿的。况且，他对贺雅利是有承诺的，不管贺雅利领不领情。

人事局那边把一切理顺后，盛伟算是松了口气，他觉得只要能为心爱的人做一点事，都是一种分担吧。说起来有些惭愧，长这么大，就是家里，他也从来帮不上什么。对盛伟来说，第一次给人办事，无论事大还是事小，都是值得高兴的。

回到办公室，他还是控制不住要给贺雅利打电话，那头一直是忙音。于是，他打给王玲。

"总算记起我了？"王玲懒洋洋的好像刚睡醒。

"王玲，你就别叫我不省心了。告诉我，贺雅利怎么样了？"

"唉，说你什么好，真是鬼迷心窍了。告诉你吧，人家远走高飞了。"王玲依旧慢腾腾地回应。

"远走高飞？王玲，甚意思？"盛伟急了。

"走了，一走了之。他男人烦，你更烦。"王玲很认真地说。

"我……"盛伟觉得事情真的弄大了。

"你什么呀，就是不听人劝。整个县城都晓得了，你还在纯情呢。"王玲一字一句地说。

盛伟本来情绪还好点，他想把给贺雅利办的事给大家分享一下，看来，没这个必要了。自己现在是一个不道德的人，全城人都在咒骂，这是不是一种罪过呢？

盛伟感觉到不可能有山盟海誓了，也没有轰轰烈烈的爱情了。贺雅利对他也许只是感激，没有爱。毕竟，她是有男人的女人呀！

"盛伟同志，不要那么执着了，另外，我还得告诉你，下礼拜六，我要结婚了。"王玲说。

"跟谁？"

"当然是别人了。"

"你喜欢？"

"就那样。"王玲明显地心不在焉。

"也许，你是对的。"盛伟感到自己彻底被击垮了，想吐，干呕了几下，感觉到自己眼前一片模糊。

盛伟感到从未有过的疼痛，全身在发抖，有一种出不了气快要死了的感觉。他想不到这个世界上有一个曾惦记他的女人说放弃便放弃了，而他掏心爱着的女人不言传一声便消失了。他是个孩子，只知道诗，世界充满了美丽，生活充满了无限灿烂的爱，如果你弄不清楚爱的火花早已四溅，哪会有如此的悲凉……

他想老家了，是的，好久没回老家了，这秋天农村一片丰收景象，自己为甚不回去呢？

这念头缠绕着盛伟，临下班的时候没有人看见他，只有他清楚，贺雅利的嘴唇是那么柔软、甜蜜，甚至有些酒味。他现在坐在小酒馆里，没熟人，一个人愚蠢地喝，疯狂地喝，他豁出去了，就像一个人弄丢了许多东西后无法找回来了。归根到底，自己就是一个老丢东西的人，一个无药可救的人。

盛伟真的身心疲惫了。

夜风吹过来，周围很黑，什么都看不见，盛伟感到自己不是在走，而是在飘。他忘记了和王玲说了些什么，手机好像没电了，总之一切都寂静无声，他使劲地想自己走的这条路是不是回家的路，老家很远，全是连绵起伏的黄土山。小时候曾想，黄土变成白面多好，取之不尽，用之不竭，受苦人天天吃饱肚子，不要再想到外面闯什么世界了……

他又突然觉得自己胸腔内有什么堵着，还是想吐，使劲用了一下力，吐不出什么。世界永远在远处，他努力过要弄出个景致来，没力气了，全身上下软绵绵的，骨头不知丢到什么地方了。

盛伟感到太累了，好像有人在笑他："不是要为爱情决斗吗？"

他朝黑夜咧了一下嘴，想笑，但没笑出来，再往前走，一脚踩下去，整个身子飞了起来……

一大早，王玲还融化在被子里，手机要命一样响了起来。

"你是王玲吗？"

"哦，甚事？"

"你认识盛伟吗？"

"认识，怎么了？"

"死了。"

王玲一下子从被窝钻出来，她用手捂住突突跳着的胸口，好半天呼吸不出一口气来，接着说："你是谁？"

"公安局的。一大早有人发现他掉在路崖下边，我们查了，他最后一个电话是打给你的。"

是啊，昨天晚上，王玲回忆了一些细节，盛伟好好的，没听出什么异样。她反复地想，一会儿眼泪涌了出来，怎么会呢？她很想号啕大哭，但哭不出来。她就这样流着泪，没听见手机里对方在说什么。王玲这样想着，赶快穿好衣服，立刻去看盛伟，要不要给贺雅利打个电话呢？算了吧，一想到贺雅利，王玲更伤心了，当初为甚把这个女人带出来见盛伟呢！她打了个冷战，浑身开始发抖。

早晨的一切如常，小县城拥挤着没一丝新鲜感，王玲想着自己一定是在做梦，盛伟酒量不错，为什么走那条路呢？

脑海里的盛伟，真的这样度过了自己的一生？她不停地问。

无定河水流得不算急，大桥上不少人还在锻炼，十分热闹。

后 记

没茶，一杯白开水伴着我。

春天的窗前有一只燕子飞来飞去，它是去年飞走的那只吗？我确定不了。因为逝去的岁月，因为久远的豪情，因为爱，我的思绪有时恍惚不定。有人曾提醒说，人到中年，该歇息了。然而，生活中那些往复纠缠的事情，当然也包括写作，我怎么也放不下。文字是静默的心事，没人能明白，那些倾注了太多心血与情怀的文字，回头看有的虽然不满意，但三十年这么过来了，放得下吗？有时，在某个酒桌上，开怀畅饮，我那种豪气和坦荡叫众人大吃一惊。一个与文字打交道的人，这样量如江海，甚至有些嗜酒如命，亲朋好友都担心这样下去会出问题，昨天刚喝过今天又喝，仿佛生活的轨迹从来都在混沌之中，人们看我在每个时辰中把顺序乱排或颠倒，竟然还能写出作品都有些意外。到现在，我整理了一下发表的作品，几百万字，手稿垒起来厚厚的一摞。看着这些，我稍喘一口气，似得到某种安慰。是啊，逝去的岁月不会复返了……

我在拥挤不堪的县城里生活，刚进来时感觉很陌生，要融进去更难，村子里的人和事，一直叫我割舍不开。面对城市日益发展变化的环境，看着每年不断增加的大楼，特别是在当今互联网与高科技时代，我真的有些不知所措。一个死钻牛角尖的人，沿着自己追求的写作之路不断地求索，这多元的世界还有多少未知的领域？不得而知。长期以来，无法摆脱的出身与背叛不了的品性，让我微弱的力量无法在尘世中改变什么，要适应，必须忍让，学会孤独。我始终相信，真诚对待生活与文字会使心灵变得庄严和平静。

小说是一种表达内心体验和抒发心灵情感的文学形式，也是作者思维活动的结果，具有诱惑力和欺骗性，它把生活的点滴和人性的细微之处呈现在纸上供读者阅读时，写作者会隐入熙熙攘攘的人群里，生怕有丝毫的失误让读者责骂，接着是遗憾，或不安，或自责。其实读者反馈回来的声音哪怕是寥寥的好评也足以撼动写作者的心灵。我没有思想，无心无肺，对自己的每一个作品，还有文字始终敬畏，所以内心的恐慌也少了许多。一个写作者应放松心态，不要太苛求自己，只要尽力了，写得好坏让众人评说去吧。但对于自己故乡血肉丰满的历史与文化，写不好，总觉得内疚和惭愧。我想，写作者会一直受这种煎熬。

现在，写作进入了另一个时空。我转身的时候，像是在某种幻觉里，自己思量，在这个节律里唯一能获得安慰的便是写作了。因为生命短暂与渺小，斗转星移，任何人也无法抚慰你的心灵，只有文学，它永恒的安慰会使人平静。

文学的田野永远也望不到边，我的裤脚还是沾满泥土。如果跟着时间走，丰收的土地上会不断生长、开花、结果，这些收获都是自己的。我会站在这块无垠的土地里，不说话、闭上眼，尽情地享受阳光雨露……

这样释放自己是快乐的，也成为我唯一的精神支柱。

2019年5月11日